U0947497

魅丽文化

秋水揽星河

青黎 / 著

江苏凤凰文艺出版社
JIANGSU PHOENIX LITERATURE AND ART PUBLISHING

图书在版编目（CIP）数据

秋水揽星河 / 青黎著. —南京：江苏凤凰文艺出
版社, 2020.7
ISBN 978-7-5594-4617-6

Ⅰ. ①秋… Ⅱ. ①青… Ⅲ. ①长篇小说－中国－当代
Ⅳ. ①I247.5

中国版本图书馆CIP数据核字(2020)第036175号

秋水揽星河

青黎 著

责任编辑 李龙姣 张 倩

选题策划 喻 戎

特约编辑 喻 戎 赵 倩

装帧设计 46设计 QQ:1067244694

出版发行 江苏凤凰文艺出版社

南京市中央路165号，邮编：210009

网 址 http://www.jswenyi.com

印 刷 湖南凌宇纸品有限公司

开 本 880mm×1230mm 1/32

印 张 9

字 数 160千字

版 次 2020年7月第1版

印 次 2020年7月第1次印刷

书 号 ISBN 978-7-5594-4617-6

定 价 39.80元

目录 contents

目录 contents

第一章　今夕

华灯初上，已近傍晚。

靳夜结束了盐雾箱操作，从质检室里走出来，有些疲惫地伸手按了按眉角，冷不丁“嘶”的一声轻呼起来。

她刚做了腐蚀性物质检测，手套还没摘，眉梢的皮肤产生了些许灼痛感。

她重新冲进质检室，摘下手套扔进特定的垃圾桶里，用冷水扑了满脸，然后才长长地呼出一口气。

连续工作了一天一夜，她的反应已经不够敏锐，做探伤检测非常容易出现差错。

她经手的大多是放射性物质和腐蚀性化学物，再在质检室里待下去，若是有个什么小疏忽，是很可能要命的。

“小夜姐，有人找。”门口服务台的小姑娘宋晓雯探出半个身体向她招手。

靳夜应道：“我换件衣服就出去。”

她脱下身上的白大褂，套上一件半新不旧的咖啡色卫衣，然后戴好口罩，摘下发绳解放自己束缚了近两天的头皮，跟强迫症似的隔着玻璃再确认了一遍质检室的仪器都已关闭，然后才快步走出隔离区。

宋晓雯向她努了努嘴，靳夜顺势看过去，会客区的沙发上坐着一个年轻人。他坐姿端正，穿着普通的白衬衫，一头短发显得清爽利落。

从靳夜的角度看过去，只能看到他的侧脸，依稀看出是个眉目清秀的青年。

宋晓雯递给靳夜一杯水，撇撇嘴道："你带过去给他吧，坐了半天也没喝什么，大概怕我毒死他。"

靳夜失笑，轻声解释："我们这儿的东西大部分有辐射，他不想碰也是人之常情。"

宋晓雯还是不高兴。

靳夜拍拍她的肩膀，说："我走了，晚上注意安全。"

宋晓雯今天要值夜班，没精打采地点点头，应道："知道了。"

靳夜走过去，在沙发上坐下，将水杯随手放在茶几上，客气地说："你好，我是靳夜。"

她露在口罩外的一双眼睛打量着面前的年轻人。

青年的相貌清爽干净，双眼皮，丹凤眼，鼻梁微挺，嘴唇略薄，脸部轮廓棱角分明。

一双丹凤眼长在他脸上，难得不仅毫无女气，反而显得他十分俊秀。

世上长得好看的男孩子都大同小异，靳夜的目光没在他的五官上过多地停留，短短几秒后就定在了他的下巴上。

这是她与人面对面说话时的习惯，既没有闪避视线，给予了对方尊重，又避免了与人对视、带来针锋相对的感觉。

看到靳夜坐下，青年那双丹凤眼望过来，目光中隐约有种复杂的感情。他问："前年六月的秋华集团爆炸案，你还记得吗？"

仿佛一盆冷水倏地泼下来，靳夜的眼神陡然一冷，手指情不自禁地攥紧了。

听到这个话题，她立马产生了一种不好的预感，蓦然站起身说："不好意思，我已经下班了。"

说完，她也不管对面的客人有何反应，飞快地大步离开会客区，径直走到电梯口摁了下行键。

身后传来很轻的脚步声，年轻人跟了上来。

"当时集团旗下的秋实工厂油品车间储罐区爆炸，造成九人死亡、三十九人受伤，国家地震局监测到两次地震，间隔仅为二十分钟。

"事故调查显示，爆炸前就已有大量易燃物泄露，两名操作员和调度员死在泵房附近，事故现场阀门开关的勘察结果却是——泵房卸油总阀处于半开启状态。"

靳夜听到身后那个清澈沉稳的声音如念新闻一般，用准确有力的语气一字不漏地背着当时的报道原文。

"据了解，秋华集团旗下所有工厂均采用国内最新阀门技术，研发者为总工程师靳夜，爆炸事故是否是由于阀门存在漏洞，仍在进一步调查。"

靳夜冷着一张脸，抱臂站在电梯口，隔着口罩吐出四个字："记性不错。"

"我是晏雪明。"背后的青年说，"你知道我是谁。"

"我不知道。"靳夜走进电梯，转过身来，摁了关门键。

晏雪明伸手撑住电梯门，他年纪尚轻，身量极高，此刻居高临下地看着靳夜，神情中却带着几分恳求的意味：“我想和你谈谈。”

靳夜冷冷地说：“我不想。”

晏雪明闪身进了电梯，解锁手机屏幕，放出一段视频。

靳夜眼角的余光瞥到标题“6•14 爆炸案当事人采访”，她还来不及反应，嘈杂的争吵声和撕心裂肺的哭叫声就一下子充斥了整个电梯，她整个人顿时僵硬了。

晏雪明有些慌乱地点着手机屏幕：“对不起，不是这个，我想给你看的是另一个。”

靳夜倏地闭上了眼睛，仿佛又回到了两年前，她从公安局里萎靡地走出来，被无数记者推搡到悲痛欲绝的遇难者家属面前，那些力道极重的巴掌和拳头猝不及防地打在她身上，带着刻骨的恨意。

日光那么亮，她只能抱着头蹲下来，连哭也哭不出来，直到警察从局里冲出来，把她护送上了警车。

作为一个工科生，靳夜不会多愁善感，可是此时此刻，她只觉得非常疲惫，一天一夜不眠不休地工作造成的虚脱也袭上心头。

她的皮肤苍白到近乎透明，她闭上眼睛后，晏雪明才隐约看到她眼角有一颗漂亮的泪痣。晏雪明及时攥住她纤细的手腕，口中呼出的热气扑在她脸上。

靳夜蓦然睁开眼睛，厉声说：“放开我！”

这一声厉喝极响，就如当年她在哄闹的人群中喊出的一样。

片刻后，晏雪明松开了手，低声说：“抱歉，我是真心实意地想和你谈一谈，我找了两年才找到你。我只想请你看一个视频，不是刚才那一个，可以吗？”

说着，他又把手机递过去，恳切地说：“就当是为了我哥哥。”

靳夜抬头看了他一眼，眼神冰冷。

她沉默了几秒，然后把手机推回去，说：“你有安静的地方可去吗？找得到合适的地方我就看。”

晏雪明想了想，微笑着说：“有的，谢谢你。”

“带路吧。”虽然脸上戴着口罩，靳夜还是不自然地抿了抿嘴，当先跨出了电梯门。

不知从什么时候开始，外头下起了雨，地上的积水不浅，湿热的空气令人气闷。

晏雪明撑着伞走在靳夜前方，他走起路来安静沉稳，仪态十分赏心悦目。他脚上穿着一双经典款式的黑色运动鞋，脚踩之处几乎没有水花溅起。

走到单行道上的时候，他还会下意识地侧身让靳夜走里侧。

靳夜的心情有些复杂，她能够判断出这个年轻人受过良好的家庭教育，就像——他哥哥晏雪平一样。

两个人走过几个路口，在一辆白色的阿斯顿马丁面前停了下来。

晏雪明将靳夜送上车的后座，自己收了伞坐上驾驶座，然后才开口说："想来想去，只有我家最安静，就是路上可能要花些时间，靳小姐不介意吧？"

靳夜摘下口罩说："你都不急，我急什么？"

晏雪明态度很好，笑了笑，又说："是，我等了两年，也不在乎多等这一会儿。"

靳夜的目光落在前方，晏雪明握着方向盘的手指很漂亮，白皙修长，骨节分明，左手小拇指上戴着一个款式简洁的戒指，在昏暗的车厢内折射出一道有些醒目的光线。

"左手小拇指戴戒指是什么意思？"靳夜突然问他。

晏雪明笑了一下，他笑起来有些腼腆，说话却很直接："代表独身主义，看来靳小姐不怎么上网。"

爆炸案发生后，网络曾给靳夜带来了极大的舆论压力，更何况她一心扑在科研上，很少关注这些花哨的事物。

可现在，晏雪明几乎无时无刻不在提醒靳夜当年爆炸案的情形。

靳夜觉得有些烦躁，不愿和他在话语上交锋，径直说："你不用试探我，该说的话到了你家我会和你说。"

她是个很典型的工科女生，说话不喜欢拐弯抹角。

晏雪明在心里记下了，然后温和地说："抱歉，我不是故意的。"这句话他今天说了两次了。

靳夜似笑非笑地说："你的潜台词是——你是有意的？"

晏雪明又笑了："严格来说，不是的。两年来，一定有很多人想要你开口，我如果不够特别，你凭什么跟我走呢？"

靳夜冷笑道："你的特别就是揭我的伤口？"

"靳小姐是学化学的，化学与医学也有些相通，那么就应当知道，治疗伤口最好的方式，就是戳破脓疮、割掉腐肉，然后才有可能痊愈。"晏雪明的语气云淡风轻，话里的内容却一针见血。

靳夜神色倏地一变，说："停下，我要下车。"

晏雪明默不作声地选了个地方靠边停车，打了双闪，车门却没有解锁。

"我改主意了。"靳夜语气冰冷，推了推纹丝不动的车门，"把锁解开。"

"我很抱歉。"晏雪明将手搭在方向盘上，微微一笑，"上了贼船，就没有随便下去的道理。"

靳夜顿了顿，说："我可以报警。"

晏雪明依旧彬彬有礼："请便。"

靳夜没有吓唬他，直接拿出手机拨了110，报了自己的位置。

等她打完电话，晏雪明才不紧不慢地说："我们所处的地方离派出所有一段距离，就算警察马上出警，也至少需要二十分钟才能赶到。"

"你想干什么？"靳夜警惕地问。

晏雪明微微一笑，说："在车里完成我们本来该坐在家里完成的谈话。”

这个青年看上去无比纯良，做起决定来却毫不含糊。换句话说，晏雪明的意思是，今天就算她拿刀架着他，他也要把这场谈话完成。

靳夜恼火地推了一下车门，车门仍旧纹丝不动。

两个人冷着脸对峙了几分钟，靳夜有些挫败地靠在座椅上，恨恨地拿出手机，又拨了一次 110：“我是刚才报警的人，我现在已经离开了，是一场误会……对，是我误解了……不好意思，给你们添麻烦了，下次不会了，谢谢。”

她摆低姿态给接线员说了好几声“抱歉”，对方就差指着她的脑门说她报假警干扰社会秩序了。

晏雪明忍不住抿着嘴低头笑。

靳夜从后视镜里瞥见他的笑容，没好气地说：“你笑什么？”

晏雪明直接笑出了声：“靳小姐，你真可爱。”他笑起来声音微颤，原本清澈的声线带了几分喑哑的意味，挠得人耳根痒。

靳夜有些生气：“还不是因为你？”她此刻气恼的模样看起来才像一个二十四岁的女孩。

晏雪明微笑着看她，脑海里立马浮现出报纸上对她的描述。

那是一篇人物专访，内容写得很详细也很感性：“她穿着一件白大褂，站在实验室的玻璃窗前，聚精会神地完成着一生中不知要做多少次的实验，玻璃的实验器皿在她瓷白修长的手指间如同鲜活的生命。她动作熟稔得像是普通人吃饭睡觉，可谁又能知道，她手下诞生的是怎样令人惊叹的实验结果。直到她取下手上的防护手套，露出灿烂的笑容，笔者仿佛才意识到，有‘天才’之称的靳夜，也不过是一个十八岁跳级读博的少女。”

晏雪明把所有与爆炸案和靳夜有关的报道读了一遍又一遍，几乎每一个字都深深刻进了脑海里。到了此刻，靳夜生气地抿着嘴，柳叶似的细眉微微皱起，恼怒中透出一股年轻气盛的意味，他才忽然意识到这就是记者笔下那个曾经万众瞩目、意气风发的天才少女。

他忽然想起，爆炸案发生时，她才二十二岁，与现在的他同龄。

晏雪明说：“好，是我的错，如果你没有异议的话，我继续开车了。”

靳夜抿着嘴坐在后座，车顶的阴影笼罩着她清冷又秀丽的脸庞，良久之后她才问：“你刚才是不是假装无意点开的采访视频？”

对她来说，这是个很重要的问题。

“不，那个视频是给我自己看的。”

靳夜沉默片刻，又问：“为什么要看？”

“我看的是前面庭审的片段，法院给原告家属出示了事故说明报告，但是他们念到一半就把记者赶出来了，接下来就是采访你的那一段。”

晏雪明顿了一下，接着说：“我不相信法院给出的事故结论，你在庭审上说自己离开前检查过阀门是否关闭，那么，这场事故到底是怎么发生的？

“我唯一的哥哥死在里面，甚至连完整的尸首都没有，我每看一遍视频，都要告诉自己一次，终有一天，我要查清真相，我哥哥不会白死。

“现在，我有这个能力重新调查事故原因了，所以我就来找你了。”

靳夜深吸一口气，转头看向窗外，把泪意逼回眼眶。晏雪平曾是她最尊敬的师兄，也是她过去研究生涯里追求的唯一目标。他是她学海里的一座里程碑，任何时刻都指引着她废寝忘食地钻研，可是这一切都在两年前的爆炸中化为齑粉。

那一天，原本该是她当值，但她唯一的好朋友程少音过生日，晏雪平就和她换了班。报道里的那个死在泵房附近的调度员就是晏雪平，因为离得太近，他死状惨烈。

当年，事故调查结果公示后，靳夜也曾向集团提出质疑，但是高层并没有重启调查，反而认定她身为总工程师，对所属工程队伍的工作人员并没有进行严格专业的培训，虽然问题并不在于她研发的新型阀门，但她必须为此负责。

所以，秋华集团解聘了她，并且做出了终身不得返聘的决定，这也意味着靳夜从此失去了再接触事件核心的机会。而现在，晏雪明却说，他有能力重启调查。

靳夜沉寂了两年的内心终于有了一丝活气，她哑着声音说：

“你开车吧。”

晏雪明从她的语气里听出了急迫的感觉。

晏雪明的家在郊区，在一栋临湖而立的高楼顶层，靠近外侧的那一面墙安了大大的落地玻璃窗。此刻，外面正在下雨，整个房间都充盈着似有若无的月光，远处隐约可见些许灯火。

晏雪明开了一盏梅花鹿形状的小夜灯，昏黄的光线勾勒出一头灵巧的小鹿，映射在墙面上，墙上贴着星空的墙纸，让人感觉仿佛置身于宇宙星河之中。

靳夜在深灰色的懒人沙发上坐下来，晏雪明给她递了一杯薄荷绿豆水，自己拿的则是一碗凉茶。

靳夜抿了一口，说：“味道不错。”

晏雪明笑了笑：“我看你长了颗痘痘，给你去去火。”

靳夜下意识地摸了一下，她昨日也发现自己的锁骨下方长了一颗不小的痘痘，又红又肿，还有点疼。晏雪明要是不提，她都快忘了。

看样子，他应当是个生活很精致的人，心思细腻，观察入微。

靳夜脸上忽然有些发热，轻咳一声，说：“你的视频呢？给我看吧。”

晏雪明敛了笑意，将笔记本电脑推到桌上：“既然到了家里，就在电脑上看吧，比手机上清楚。”

靳夜点开了播放键。

视频里一片黑暗，接着有声音传了出来。

“怎么了？”

只听了一句，靳夜就觉得浑身的血液都凉了下来。那是晏雪平的声音，温文沉静，醇厚如酒，她仿佛能隔着声音窥见他英俊斯文的脸庞。

“晏老师，劳烦您进去查查，味儿好像不太对。”

“嗯？我刚才检查了阀门，是关着的，难道是哪里的管道出了问题？稍等，我去拿仪器勘测一下。”

“欸，好，我先进去查一圈儿。”

视频画面抖了一下，晏雪平的脚步声远了。

“你跟他说了？”

“说了，他说马上来看。你麻利点儿，收拾一下，别让人看出来了。”

“放心。”

画面彻底黑了，视频就此结束。靳夜紧紧抿住嘴，用鼠标把播放进度拉到开头，又看了一遍。

晏雪明沉默地坐在半明半暗的光影里，呼吸声平稳至极。

听了十来遍后，靳夜终于关闭了播放器，沉思片刻，问他：“你从哪里拿到的视频？”

她看这个视频的时候，晏雪明一直波澜不惊，这显然说明他对视频的内容早已了如指掌。他之前说的确实是实话，与事故相关的一切视频和报道，他都已经了然于心。

晏雪明将手里的茶杯搁下，有条不紊地说："过程有些长，你可能需要耐心听。"

靳夜点头："你说。"

"视频里一共有三个人，调度员是我哥，还有两个工程师。这两个工程师，一个叫李袁，一个叫陈复今，李袁就是那个让我哥去检查阀门的人，他在爆炸中已经丧生。视频里的第三个人，就是陈复今。陈复今当天在正常下班之后并没有马上走，而是停留了将近半小时才离开。事故发生后，由于监控损毁，无人知道当天发生的事，但是，陈复今之后做了一件很不正常的事。他把自己的旧手机作为奖励给了考上大学的侄子，侄子又把手机卖了，加上其他亲戚给的奖金，去买了新电脑。这部手机是我在二手市场里找到的。"晏雪明双手随意搭在膝盖上，十指交错，右手的食指轻轻叩着左手的手背。

"这个视频应该是陈复今把手机放在口袋里无意中点了录像键录下来的，所以画面一片漆黑，而且陈复今本人并不知情，但是这已经足够说明一些问题了。

"第一，这场爆炸不是意外，而是人为；第二，有人指使陈复今刻意引导我哥留在爆炸现场，这是谋杀；第三，我猜测，这个主使者应当与你熟识，且与你有旧怨。"

靳夜皱眉道："旧怨？我从不与人结怨。"

晏雪明说："结怨这种事，从来不是单方面的。哪怕是小小的嫉妒，或者是意外的误会，也会令人滋生出无限的恶念。"

靳夜沉默了一瞬，问他：“那为什么是与我有怨？”

晏雪明说：“当年，事故调查结果公示后，已经证明了爆炸产生的原因与你研发的新型阀门无关，且你没有任何违规操作。那么，为什么网络上的暴力言论尽数集中在你一人身上？遇难者家属甚至敢在派出所门口对你纠缠不休？无非就是有人利用家属的愤怒和怨恨混淆视听，既模糊了事件真相，又令你无暇细思其中的问题。”

晏雪明心思缜密，头脑清晰，细细分析之后，靳夜竟无端产生了一种不寒而栗的感觉。

可她还是有疑问：“可是，当天我和师兄换班是临时决定的，难道他们原本想谋杀的是我吗？”

晏雪明冷声道：“如果换班也是预谋的呢？”

“不可能。”靳夜断然否决，“程少音和这件事没有关系。”

晏雪明意味深长地说：“如果那个人也早就知道了程少音的生日日期呢？”

靳夜蓦然抬头：“你是说……这件事的主导者不仅了解我，也了解程少音？”

这个猜测就非常可怕了。程少音是含着金汤匙出生的富二代，也是靳夜的初中同桌和多年好友。

程少音做事随性，亦没有每年开生日Party（派对）的习惯。那一天恰好是她二十二岁的生日，她原本计划在洛杉矶陪伴母亲，但毕业典礼在即，她只好更改航班回国。

因为飞机延误了半天，她到国内的时间与原本计划的相差甚大。时差倒不过来，她精神又相当亢奋，索性办起了生日会。

靳夜本不愿影响工作，但程少音软磨硬泡了半晌，她最终还是答应了。难道……那个幕后主导者，连这种随机发生的事也能预料到吗？

晏雪明继续说：“我找人查过程少音，她是一个不谙世事的富家小姐，从小顺风顺水地长大，上的大学也是父亲用钱砸出来的。她每年会去两次洛杉矶陪母亲治病，每次停留半个月左右的时间，这些行程都是有规律可循的。

“她每年的生日都会在洛杉矶度过，可她这一次却提前两天订了机票回国。那天，飞机因为极端天气延误了，起飞时洛杉矶已经是深夜，能够让娇生惯养的程少音忍着这些不顺利也要当天回国，必然有十分重要的事。”

靳夜说：“她是为了赶毕业典礼。”

晏雪明挑眉道：“你认为，一个连大学都不想读的富家小姐，会这样赶着去参加毕业典礼吗？”

靳夜哑然，抿了抿嘴，低声说：“如果我连程少音都不能相信，还能相信谁？”

晏雪明低下头，漆黑的眼睛注视着她，蛊惑地说：“在这个世界上，你只能相信自己。所以，只有自己查出来的，才是真相。”

靳夜蓦然想到他在车上说的那些话，凝视他片刻，又说：“你说，你有能力重启调查？”

晏雪明笑着说：“那就要看我们的合作会进展得如何了。”

“你需要我做什么？”靳夜问。

晏雪明边收电脑边说：“很简单，领证，结婚。”

“什么？”靳夜一贯平静的面容上终于出现了些许波动。

“领证，结婚。”晏雪明重复了一遍。

靳夜下意识地问：“和谁？”

晏雪明微微一笑：“我。”

靳夜心里有一股恼恨的感觉轰然而起。

两年来，她对重新调查真相一事早已死心，可晏雪明的出现无疑令她再次看到了希望，当她郑重又急切地思考每一个疑点，如临大敌般等待晏雪明说出下一步的计划时，却听到了这样一个答案。

结婚？开什么玩笑？靳夜倏地站起来，转身就要走。

晏雪明快一步拉住她的手，沉声道：“你先听我说完。”

晏雪明的手干燥温热，手指紧紧扣住她纤细的手腕。

靳夜站在原地不说话，原本缓和的面容再度凝结成冰。

晏雪明说：“我哥进入秋华，只是正式接管恒远集团前的实习。”

靳夜微怔，仍是不说话。

晏雪明松了口气，低声说：“你曾经就职于秋华集团，应当知道恒远和秋华不仅是长期合作的关系，恒远也是秋华的重要投资方之一。

“恒远集团的董事长晏岭是我的父亲，我哥出事之后，我就被他召回来担任执行董事。我可以以监督的名义进入秋华，但我不懂化学，想调查事故真相举步维艰，可是你不一样，或许你一眼就能发现其中的问题。但是，你需要一个进入秋华的契机。

“秋华已经对你做出了永不复聘的处罚，恒远没有理由插手它的家务事，让你重新入职，唯一的办法，就是让你以我的名义重新进入秋华。”

靳夜终于开口，问他：“我入职恒远不行吗？”

晏雪明神色微黯：“我爸不允许我再查我哥的事，他不会让你留在恒远的。所以我猜测，我哥的死，针对的或许是晏家，而不是他本人。虽然我还不知道是什么样的人既想针对晏家又同你有怨，但事情摆在那里，我们抽丝剥茧地查，总有一天会查明白的。”

“那我以你的名义进入秋华，晏董事长也不可能不知道。”靳夜冷然道，“结果都是一样的。”

晏雪明微微一笑：“不，不一样。恒远是家族企业，没有哪一个晏家人会被自家人解聘。

“我爸是爱面子的人，但凡姓晏的，哪怕是丢到不重要的岗位上混吃等死，他也不肯做出解聘这种自认为丢面子的事。

“如果我让你入职恒远，那么我爸就有权力解聘你，但是如果我们结了婚，他要让你走，就除非让我们离婚。我爱你爱得死去活来，他难道会逼我们离婚吗？

“他不敢的，他已经失去了我哥，就不会再冒着失去我的风险来对付你。”

什么叫爱他爱得死去活来？靳夜过了许久才心情复杂地说：“你的心思真是七弯八拐，晏师兄如果有这样的城府，也不会轻易……”

她这句话也不知是褒是贬，但足以说明她开始认真思考这个方案的可行性了。

晏雪明缓缓松开手，轻叹一口气，说：“始终怀着这样的心思揣测身边的人，我也很抱歉。但是，我不想有一天像我哥一样，让他的善意和坦诚成为别人杀害他的手段。我也不想有一天，让我的父母在承受了失去长子的痛苦后，再承受失去我的绝望。对杀人凶手来说，我哥可以死，我为什么不能死？”

晏雪明眉眼间仍带着些少年气，可他的眼神冷静又狡黠、沉稳又大胆。他仿佛是一只潜藏在黑夜里的幼豹，时刻准备着捕捉猎物。

这样半黑半白的晏雪明，与温文尔雅的晏雪平是截然不同的。然而，靳夜能体会到他四面楚歌之下的防备和柔软，因为在爆炸案发生后，她亦是这样一个矛盾体。

“我答应你。”她说。

靳夜抬头望着晏雪明那双漆黑漂亮的眼睛，一字一顿地说：

“我答应你，是为了你哥哥，为了那些深埋在黄土里却无法瞑目的无辜生命。我都记着的，一共九个人。”

晏雪明的目光柔软下来，他笑了笑，说：“谢谢，我想我今晚就需要你先帮一个忙。”

靳夜说：“你说。”

“帮我找十篇你们行业内最优秀的论文，中英文都可以，今晚就要，我很快就能用上。”晏雪明计算了一下，又说，“还有一份关于提炼的化学基本常识的资料，这个不急。”

靳夜打量了他一下，拿出手机摁了片刻，接着将手机递给他：“前面的东西我可以帮忙，后面的你自己搞定。”

晏雪明有些困惑地接过手机，赫然看到淘宝的界面，满屏都是《中考化学一本通》。

这个仿佛事事成竹在胸的年轻人脸色顿时变得精彩纷呈，靳夜见了，不紧不慢地开口道：“我也有一个问题。”

“你问。”晏雪明说。

靳夜学着晏雪明的样子微微一笑，问道：“你到法定婚龄了吗？”

晏雪明的脸色更精彩了，沉默良久，他才勾了勾嘴角，说：“老婆放心，我已经到了。”

一声“老婆”，令靳夜如遭雷劈。

第二章　虚妄

从民政局走出来的时候，靳夜还没有缓过神来。

因为她神情紧张，工作人员问了她好几遍“是否自愿结婚”，晏雪明不得不微笑着解释：“她有点紧张。”

工作人员这才会心一笑。

此刻，靳夜觉得手里的结婚证十分烫手，事情发展到这里着实有些玄幻。

“辞职信写好了吗？”晏雪明问她。

靳夜做事果决，从不拖泥带水，她点头道：“我答应你之后，就发了邮件。”

这两年，她一直在金属铸件厂做探伤工作，虽然那里技术落后、待遇甚微，但老板当时能够接纳声名狼藉的她，足以令她感恩。

晏雪明说：“好，我和秦总约了下午一点见面。”

晏雪明口中的秦总正是秋华集团旗下秋实化工厂的副总经理秦孟冬。

当年，作为集团总工程师的靳夜和总调度员的晏雪平因为秋实化工厂的新项目被下派驻厂，与秦孟冬在工作上的合作还算顺利。

时隔两年再听到这个名字，靳夜只觉恍如隔世。

秦孟冬不是专业出身，而是英国剑桥大学经贸专业毕业的，被秋华专聘来处理行政事务。晏雪明的计划可以说非常巧妙，他选择了一个同样不懂化学的人，却让身为化学天才的靳夜跟他一起去套话……

靳夜忽然想起来一件事，说：“我有些东西要去办公室收拾一下。”

晏雪明见时间还早，便说：“我送你去，顺便一起吃个午饭，给你买身衣服，毕竟你现在的身份不同了。”

“好。”靳夜在这方面并不矜持，她认为晏雪明的话确实有道理，人靠衣装，在打扮上胜过别人也是一种优势。

金属铸件厂，宋晓雯还没下夜班，看到两个人并肩进来，登时瞪圆了眼睛。

“小夜姐，你今天不是轮休吗？你们昨天一块儿走的，怎么今天也一块儿来啊？”宋晓雯熬了一夜，有些没精打采，但丝毫没有影响她八卦的兴致。

她潜台词是：隔了一夜，你们怎么还在一起呢？

靳夜还没来得及制止，晏雪明已经坦然自若地开口了：“我们已经结婚了。”

宋晓雯愣了一瞬，连不标准的英文都冒出来了：“What（什么）？这速度可以啊。”

靳夜瞪了晏雪明一眼：“闭嘴，不许说这事。”她又看向宋晓雯，“你也是。”随后，她套上白大褂，戴上手套，又叮嘱他们两个人，“你们别胡说八道。”

宋晓雯和晏雪明对视一眼，不约而同地露出了狐狸一样的微笑。

“好的，小夜姐，你去吧。”

“好。”

靳夜转头进了质检室。

靳夜有把每次的实验记录整理成册的习惯，当时，因为与秋华集团签了保密协议，她走的时候所有实验记录都无法带走。但有些笔记是她个人所有的，所以她都原封不动地拿回来了，希望能从中找出些蛛丝马迹。

然而，事故的成因与她研发的阀门无关，她就算翻烂了笔记也无济于事。

时间过去了两年多，她的笔记也只能寄存在办公室的保险箱里蒙尘，如今拿来给晏雪明当学习材料倒很不错。

靳夜出来的时候，晏雪明正与宋晓雯相谈甚欢。

走的时候，宋晓雯还依依不舍地握着她的手说：“小夜姐，你们一定要幸福啊。”

靳夜忍不住看了晏雪明一眼。

出了大门，靳夜才问：“你跟宋晓雯说什么了？”

晏雪明笑着说：“我们的交集只有你。不过，她为我下午的安排给了一点小小的提示。”

靳夜冷笑道：“你还有口无遮拦的习惯？”

晏雪明打量了一下她的神情，说：“你不高兴？我的意思是，她无意中提到的事给了我一点启示，难道在你眼里，我会蠢到与一个无甚交集的人坦白我要做的事情？”

靳夜说：“你的语言太有迷惑性了，我无法判断真假。”

晏雪明的神色有些委屈，此时的他又变成了初见时那个无害的青年。

“我说的是实话。”晏雪明诚恳地说，“你下午就知道了。”

靳夜懒得理他，经过一夜的相处，她对晏雪明的性格有了更深的了解。说不过他的时候最好闭嘴，沉默是金。

晏雪明笑着说：“你别生气，我带你回家吃饭。”

听了这句话，靳夜整个人都不好了：“你说的顺便吃个饭是带我回家吃饭？”

“对。”晏雪明理所应当地说，“新婚第一天不该回家吃饭吗？”

好家伙，晏雪明这是打算一天之内把她所有雷点都给踩了，行动力着实惊人。

靳夜不得不承认，她目前的每一步都是在跟着晏雪明的计划走，她已经没有机会脱离他的谋划，再回头寻找新的道路了。

“好吧。”靳夜冷着脸道，“不过，我如果遇到问题，你负责解决。”

“可以。”晏雪明微笑道，“你只需要依靠我就可以了。”

晏雪明带靳夜回家的时候，她已经换上了新买的衣服。

靳夜皮肤白皙，眼角生有泪痣，五官自带柔美气质。

晏雪明给她挑了一件灰蓝色的一字领连衣裙，又让化妆师给她化了个淡妆，侧面的头发编了两条小辫子，然后扎成一束马尾。

这样的靳夜，很难让人将她同工科生、化学天才之类的名词联系起来，她反而像个天真烂漫的女学生。

靳夜照了照镜子，说："我以为，你想让我的气场变得更强。"

晏雪明说："要降低对方的防备心理，示弱才是最好的方法。"

靳夜轻哼一声，说："我从小就不会示弱，也不需要示弱。"

靳夜原本就是孤儿，被靳家父母从福利院收养，与其他在福利院的孩子相比，手脚健全、智商极高的她确实是很受欢迎的领养对象。

晏雪明看过她的资料，此刻却不想说破。

"你不用会，我会就行。"晏雪明笑着说，"我说过了，你只要出现就好。"

说完，他伸手拉住了靳夜微凉的手。

靳夜一僵，用力挣了一下："你别动手动脚。"

晏雪明却不放手，坚持道："不动手动脚要让我爸以为我爱你爱得死去活来，那就太考验演技了。"

靳夜瞪他："你说这话不脸红吗？"

"红了，你看我耳朵。"晏雪明又笑了，还用骨节分明的手指指向耳垂示意她看。

晏雪明的皮肤很白，耳垂生得极好，圆润光滑，让人有种想捏一捏的冲动。

靳夜有点不好意思，别过脸说："那行，你拉吧，进了门就放下，在长辈面前庄重点。"

晏雪明没回答她，直接走过去用指纹开门。

晏家住的是个老房子，但空间很大，装修简洁，并不显得老旧和庸俗。

此刻家里静悄悄的，一点声音也没有。

晏雪明松了手，蹲下去从鞋柜里给靳夜拿拖鞋。他一个瘦高个窝在鞋柜前，显得门口的空间有些拥挤。

靳夜抿了抿嘴，没说话，她已经很久没有体会过别人为她拿拖鞋的感觉了。

自从爆炸案发生后，网络舆论将一切责任都归咎于她，有些人甚至人肉了她养父母的信息，找上门去。

他们在楼道墙面上刷红油漆，在门口堆垃圾，甚至把狗血从窗户泼进去。

出身书香门第的养父母实在不堪其扰，差点患上精神衰弱症。靳夜上诉法院，和养父母断绝了关系，搬出家门，靳家遭受的骚扰才逐渐平息

晏岭从房间里出来的时候，晏雪明还在找新拖鞋。

"找什么呢？"

听到这中气十足的问话，靳夜先抬了头，有些尴尬地笑了笑，

打招呼道："您好。"

晏雪明头也不抬地说："妈这个月又把拖鞋藏哪儿了？我找不到。"

晏岭说："你去黑蛋的笼子里找找，藏哪儿它都能叼出来。"

晏雪明关好鞋柜站起来，把自己的拖鞋递给靳夜："你先穿着，我没事儿。"

他找拖鞋时手沾了灰，从口袋里拿出一片便携湿巾擦了擦，然后重新拉住靳夜的手，对晏岭说："爸，这是靳夜，我们早上把证领了。"

晏岭一时没反应过来，问道："靳夜我知道，但是领证是怎么回事？你说说。"

晏雪明从善如流地说："两年前我看过她的照片，对她一见钟情，当时怕她触了您的伤心事，就没敢说。但我现在觉得还是把人放在身边更安心，人一辈子那么短，谁知道以后会发生什么？领了证，至少我出事的时候会有人给我签手术知情书。"

晏岭没多想，听到"出事"两个字就骂他："胡说八道什么呢？"

他想了想靳夜的身份，面色就有些不好了，到底不愿再提晏雪平的事，只叹了口气，说："行了，进来吧，菜都烧好了，你等会儿别跟你妈提小靳的身份，她最近状态挺好的。"

晏雪明难得沉默了，无声地点了点头。

等看到餐桌前的晏夫人，靳夜才明白晏岭的意思。晏夫人看上去风姿绰约，保养得极好，神态却很不对劲。她面无表情地坐在座位上，怀里抱着一只蜷成一团的黑猫。

“雪平今天又开会？”她一板一眼地说。

靳夜一愣，晏雪明已经很快地接了话头，笑着说：“妈，你怎么老惦记我哥啊？他忙着呢。我人就在这儿，你也不关心关心我。”

晏夫人仿佛才看到他，木讷地看向他，机械地说：“雪明，你高考结束了吗？”她看了一眼两人交握的手，又说，“谈恋爱别影响学习。”

“好。”晏雪明笑起来阳光又温柔，“我有分寸的，妈，你想想我报什么学校好，估分挺高的。”

晏夫人有些疲惫地说：“让你哥选吧，我身体不好，也不了解，你吃了饭就赶紧去学校吧。”

晏雪明笑着应了一声，可靳夜却分明感觉到，晏雪明握着她的手握得非常用力，手心全是汗。

晏夫人怀里的黑猫突然蹿下来，围着靳夜转了几圈，用一双祖母绿宝石般的眼睛看了她几秒，又姿态优雅地往客厅走了。

晏夫人猛地站起来，眼睛直盯着靳夜：“我好像记得你。”

晏雪明和晏岭的脸色齐齐一变。

靳夜迎着晏夫人突然变得锋利的眼神，硬着头皮说了一句：“阿姨好。”

“你叫什么名字？”晏夫人问她。

靳夜看了晏雪明一眼，晏雪明伸手去拉晏夫人的袖子：“妈，先吃饭吧。”

晏夫人转过头看了儿子一眼，顺从地坐下了，靳夜悄悄地松了一口气。

晏夫人大约是因为晏雪平的死才变成了这样，可对她来说，活在过去未尝不是一种解脱。

当年有多少遇难者的父母揪着头发号啕大哭，受到网络舆论的引导，将罪责归结于靳夜，看她的时候怨恨得眼睛里似乎能淌出血来。

想到这里，靳夜只觉得如鲠在喉。

晏岭给靳夜夹了一筷子菜，说：“小靳第一次到家里来，不用客气，就把这里当成自己家，以后我们就是你的父母。”

靳夜正在出神，未曾预料到晏岭会如此和颜悦色，不由得放柔声音说：“谢谢……爸爸。”最后两个字她是顶着晏雪明灼灼的目光加上的。

晏雪明也给她夹了菜，她抬头正要道谢，冷不丁就被什么东西糊了一脸。

“妈！”晏雪明喊了一声。

晏夫人直接把一碗汤泼到了靳夜脸上，喊道：“刽子手。”她盯着靳夜又咬牙切齿地重复了一遍，“刽子手！”

不算很烫的浓汤顺着头发流下来，靳夜顾不上擦，“刽子手”三个字就在她耳边炸开，令她整个人呆若木鸡，一句话也说不出来。这三个字，两年前她听过无数遍。即便是在事故调查结果公布后，也仍有人在网络上引导舆论，往她身上泼脏水。多少义愤填膺的围观者戳着她的脊梁骨痛骂，说得最多的三个字便是“刽子手”。

这一刻，在晏夫人口中听到这个称呼，她仿佛又回到了那个时候。

晏雪明眼明手快地拉着她站起来，对晏岭说：“爸，我们先走了。”

晏岭不是网络暴民，知道靳夜事实上和爆炸案并没有关系，但晏夫人此刻的疯狂令他非常疲惫。他只好对晏雪明挥了挥手，说：“别担心，你妈一会儿就好了。”

晏雪明抿着嘴轻声说：“妈，我下次再来看你。”

晏夫人猛然将手里的碗砸向晏雪明：“你哥呢？你哥去哪儿了？你怎么在这儿？你为什么在这儿！”

晏雪明无声地站着，任由玻璃碗从他肩上滑落到地上，发出一声脆响。

晏夫人还在歇斯底里地叫喊：“你去啊！你怎么不去把你哥换回来？”

晏雪明沉默不语。

晏夫人浑身颤抖地瞪着他，如同瞪着仇人。

晏夫人这一砸反倒把茫然的靳夜砸醒了，她抬手抹了一把脸上的汤和油，果断地反手握住晏雪明的手，把他拉出了家门。

走出家门，晏雪明才长长地叹了口气，说：“虽然不是个好开端，但我爸那关算是过了。”

靳夜皱着眉问：“你妈是什么情况？”

“我妈从小就喜欢我哥，因为我哥像她。当时警察通知我爸妈去认人，你也知道我哥被炸成了那样……我爸还好，我妈回来就不对劲了。”晏雪明揉了揉眉心，有些疲惫地说，“我妈疯了之后，我和我爸尝试过给她看爆炸案的相关资料，包括你的照片，她都没有反应。我以为她应当对你没有印象，结果……抱歉。”

“那她为什么对你……”靳夜不理解晏夫人对待晏雪明的态度。

晏雪明沉默几秒才说：“我不知道。有一天，我从学校回来，她坐在沙发上，突然转过头对我说，为什么不是我死了，我哥活着。当时，我觉得全身的血都凉了。”

和靳夜一样，晏雪平从小就顶着天才的光环长大，从来都是“别人家的孩子”，他听话、体贴、懂事，是晏夫人心目中完美的好儿子。可晏雪明不是，而且他从未想过，有一天，他母亲竟然希望他能够代替他哥哥去死。

晏雪明打开车门，手撑着门框，笑了笑，说：“不说了，我带你去个地方，收拾一下自己，然后吃点简餐，下午还要去秋实化工，时间有些紧。”

靳夜深深地看了他一眼，走到驾驶座旁边说：“我开，你去副驾驶座。”

晏雪明低头笑着说：“你怕我带着情绪开车？”

靳夜说：“我太久没开了，刚好借你的车练练手。”

晏雪明注视着她，目光中含着笑意，又有几分温柔。

靳夜别过头，冷声道：“看什么看？”

晏雪明笑着说：“我怕你汤滴到眼睛里看不到路。”

“我擦过了。”靳夜瞪了他一眼，“你下不下来？”

“下。”晏雪明乖乖地换到副驾驶座上，系好安全带，十分温顺。

靳夜调整了一下反光镜和座椅，然后径直把车开了出去。

晏雪明微微舒展了一下手臂，笑着说：“既然你开车，那我就休息一会儿。去民生百货，那里有家我认识的会所，离秋实近一点。”

“好。”靳夜同意了。

晏雪明从抽屉里拿出眼罩戴上，抱着手臂靠着座椅。

等红灯的时候，靳夜下意识地侧头看他。

晏雪明那双清澈的眼睛被眼罩遮挡，嘴唇紧紧抿着，脖颈微微仰着，凸起的喉结轻轻颤动，泄露出主人的忍耐。

他并不是无动于衷的，只是早已习惯压制情绪，因为他无人可依靠。为了查明真相，他甚至要努力成为靳夜的依靠。

这个一出现就成竹在胸、游刃有余的年轻人，坚硬盔甲下也有难以发现的软肋。

十二点五十分，晏雪明和靳夜准时出现在了秋实化工厂的大门口。

穿着白衬衫和西装裤的晏雪明情绪已经平静下来了，甚至看起来心情还不错。

靳夜换了一身粉色连衣裙，更显清纯娇美。习惯了一身白大褂的她很不适应这样的穿衣风格，但为了晏雪明的计划，她只得忍了。

“等下你只需要微笑。”晏雪明说，“如果可以的话，笑得温柔点儿，就像你在我家那样。”

靳夜横他一眼，没好气地说：“我尽量。”

秦孟冬在六楼的办公室等他们，靳夜走进去的时候，秦孟冬明显一怔。

“小靳老师，好久不见。”他客套地笑了笑，又看了一眼晏雪明，问道，“怎么和晏董一起来了？”

晏雪明与他熟稔地握了握手，笑着说：“差点忘了秦总和我太太共事过，想来也不用我介绍了。”

秦孟冬微怔，随即说：“小靳老师结婚了？恭喜。晏董少年英才，晏太太聪明貌美，确实郎才女貌。”

靳夜这辈子还是第一次听到有人夸赞她的相貌，想到晏雪明的叮嘱，她勉为其难地露出一个温和的笑容：“谢谢秦总。”

秦孟冬招呼两人坐下，和晏雪明谈了谈两个公司的合作。靳夜一直保持着平静的表情，在旁边充当背景板，对于两个人商谈的内容几乎一个字都没听懂。

秦孟冬说："过去听说晏董可能会移民美国，现在还有这个打算吗？"

晏雪明保持着恰到好处的微笑，说："秦总也知道我家的情况，父母在，不远游。"

"晏董也是学的化学？"秦孟冬问。

晏雪明点头道："是，和我太太一样，我回国也是因为她。"

秦孟冬说："那倒是一段佳话。"他又笑着说，"我打算上一个相关的在职课程，听说化学系的毕业论文相当难通过，到时还要请晏董指教。不知晏董毕业时写的什么课题？我厚颜讨教一下。"

"是关于吸水性树脂的研究课题，也是受国内许多前辈的启发。"晏雪明面上带着温和的笑意，流畅自若地说，"SEM 表明 AA 的加入，改善了孔道结构，使孔密度增加，孔径更加均匀规则。研究了具有不同组成复合吸水性树脂在不同温度、pH 和盐溶液中的溶胀性能，结果表明 MKPAsp/PAA 复合吸水性树脂低临界溶解温度比聚天冬氨酸提高了十摄氏度，表现出良好的温度敏感性。"

靳夜忍不住转头看了晏雪明一眼，这段话好像有点耳熟……应该是昨夜她替晏雪明找的十篇论文里的片段。

晏雪明朝她温柔一笑，又对秦孟冬说："秦总作为秋实的副总，想必对这些文章耳熟能详，我在您面前班门弄斧，倒是让您见笑了。我和太太在伯克利相识，化学对我们来说是最浪漫的回忆，也正是因为有一次看到国内有这样优秀的论文，我才最终选定了毕业课题，下定决心回国。只是后来，我留在恒远，小夜却执意要来秋华，可惜……"

靳夜心里顿时对晏雪明的演技有了新的认知。

秦孟冬也一怔，他并非化学专业出身，晏雪明这段话说得他云里雾里，但最后那句"可惜"他听懂了，晏雪明指的是爆炸案。

秦孟冬不由得露出十分理解的表情，又想到晏雪平也死在爆炸案中。他不愿在此刻良好的气氛中提到那些事，便转头看向靳夜，问道："小靳老师目前也在恒远任职吗？"

靳夜被晏雪明的话齁得牙疼，但还是控制住了自己的表情，对秦孟冬点头说："是的。"

秦孟冬恍然大悟。

晏雪明放下手里的白瓷茶杯，接着往下说："过去发生的事已成定局，我们现在能做的，就是不让事故再次发生。恒远作为合作方，对秋华一向是放心的，但是秦总也知道，例行检查是该做的，我们也不好随意省去。"

秦孟冬面色一凛，斟酌着说："晏董的意思是……"

晏雪明笑了笑，说："今年的例行检查，将由我太太负责，秦总应当没有意见吧？”

秦孟冬有些为难：“虽然恒远是秋华的投资方，每年例行的安全检查也是应当的，但是小靳老师……唉，晏董可能不知道，总部当年对小靳老师有过不得返聘的决定，您看是不是换一个人比较妥当？不然……”

“恕我冒昧。”晏雪明打断了他的话，“能否请教秦总，当年我太太因何被解聘？”

“失职，对员工培训不到位。”靳夜面无表情地回答了这个问题。

秦孟冬说：“确实是这样的……”

晏雪明又打断了他的话：“秦总不是外人，我就说几句不该说的话。人与人之间，智商的差距应当还是很大的，如果每个人的悟性都能达到我太太这个程度，想必秋华和恒远的位置早就换了。用这样的理由解聘员工，实在让我怀疑贵司的专业素养。十九岁毕业于纽约大学伯克利分校的化学天才，敢问秋华有几个？”

不等秦孟冬反应过来，晏雪明又轻笑一声，接着说：“不知道的，还以为遍地都是呢。”

这一波嘲讽和夸赞……饶是向来冷静淡漠的靳夜，都忍不住心虚了一下。

对于学历和专业上的问题，秦孟冬哑口无言。

“这个问题，我会和秋华的管理层沟通。毕竟，检查方要派谁来检查，并不是被检查方决定的，不是吗？”晏雪明轻描淡写地说，“秦总的面子，我和我太太都是给的，今天提前告知您一声，也是给彼此留了余地。究竟该怎么做，秦总是明白人，总该知道的。让非专业的人来做检查，不知道的，还以为贵厂有什么不为人知的秘密呢。”

秦孟冬顿时冷汗都冒出来了，忙笑着说：“晏董言重了，这怎么可能呢？小靳老师是我过去的同事，我欢迎还来不及呢，只是总部那里……如果我贸然报告了检查人选，不知道的还以为小靳老师是特意回厂关照老人呢？”

秦孟冬看似服软，实则又给了晏雪明一个软钉子。

晏雪明像听不懂似的，挑了挑眉，说：“特意回厂又怎么样？都是老同事了，总该关照一下。”

秦孟冬当然不是这个意思。时隔两年，靳夜重回秋华，谁知道是不是为了当年的爆炸案？

调查结果早就公示了，她这次回来指不定会整出什么事，秋华可经不起更大的风浪了。

靳夜听着两人话里的机锋，只觉得头疼，但她也知道晏雪明每走一步都很不容易，便硬着头皮正襟危坐，努力让笑容显得高深莫测。

气氛正胶着，门外突然响起了敲门声。

晏雪明做了个“请”的手势，秦孟冬只好说：“请进。”

来人是个穿着工作服的年轻员工，他还没看清办公室里的人就慌张地开口道：“秦总，实验室那边是不是硫化氢泄露了？整栋办公楼都闻到了味道，维修部说马上派人过来。”

秦孟冬简直火冒三丈，真是哪壶不开提哪壶，这不是上赶着给晏雪明送把柄吗？

晏雪明意味深长地看了他一眼，说：“那检查方案就这么定了，秦总有事先忙。”

靳夜起身走到门前闻了闻，确实闻到了一股隐隐约约的臭味，不浓也不淡，但做化学实验的人比较敏感，有一丝异味都不能忽视。

“确实像硫化氢。”她对秦孟冬说。

靳夜的专业素养不用多说，秦孟冬原本怀疑这时机太巧了，听她吐出这两个字，心里也跟着没底了。万一再出什么事，秋实化工厂就真的完了。

“抓紧时间排查。”他严厉地吩咐下属，又回头对着晏雪明有些抱歉地笑笑，“让晏董见笑了，原本还安排了一起吃晚饭，现在恐怕吃不成了。”

晏雪明笑着说：“心意我领了，下回我请。秦总您忙，我和太太先走了。”

“慢走，慢走。”秦孟冬送他们出门。

晏雪明客气地说：“别送了，排查要紧。”

秦孟冬尴尬得说不出话来。

晏雪明牵着靳夜的手下楼，走出工厂的大门，靳夜立刻把手抽了出来。

坐到车上，她才问："刚才的硫化氢泄露是怎么回事？看风向，漏得挺奇怪的。"

晏雪明还没发动汽车，靠着方向盘笑了一阵，然后慢条斯理地说："很简单，我用除臭密封袋装了点池塘里的淤泥，放在口袋里带进来。我上次来观察过，每个楼道都有通风口，还有个监控死角。进来后，我把袋子都开了口，从他们二楼实验室门外的垃圾桶扔起，一楼扔一个。"

靳夜皱眉道："你可真行，这地方监控不少，万一不是监控死角呢？"

晏雪明不以为然："那又怎样？放着垃圾桶还不让我扔垃圾了吗？怀疑硫化氢泄露是我说的吗？要怪就怪他们专业素养太低，我只是随便试试，他们就被诈出来了。本来我还准备了臭鸡蛋，但宋晓雯说臭鸡蛋味道太淡。民生百货后面有个池塘，你吃饭的时候我找人去挖了点淤泥。再说，就算我是故意的，可我毕竟是投资方，秦孟冬能把我怎么样？我有钱，我最大。"

靳夜觉得自己有些眼瞎，当时她怎么就觉得晏雪明单纯干净呢？这家伙骗人的招数层出不穷。

"你在想什么？"晏雪明笑着问她。

"何以解忧，唯有暴富。"靳夜白了他一眼。

"你不该想想他们这儿是不是真的有漏洞吗？就他们那个

应急反应，百分之百有问题。”

靳夜毫不客气地反驳：“我连实验室都没进，难道还能用脑电波扫描全楼吗？”

晏雪明沉思片刻，又说：“你们化学实验室能泄露的不就是一些气体吗？”

靳夜被他对化学的无知惊到了，沉默了一下，问他：“你之前是学什么的？”

晏雪明有些意外她突然转了话题，但还是回答了：“兽医。”

靳夜愣了一下，有点难以置信地问：“你哥是化学和经管双料博士，你学兽医？”

晏雪明神情自若地说：“我有自己设立的动保协会，关注华北豹生态环境，人各有志罢了。”

靳夜立马拿出手机搜了一下华北豹。

晏雪明说：“找机会还得再来一次，等正式检查的时候，按秦孟冬那狐狸秉性，漏洞准给堵完了。”

靳夜睨他一眼：“我倒觉得你更像狐狸。”她收起手机，义正词严地告诉他，“回答你刚才的问题，我们化学领域能泄露的气体的种类比你的华北豹数量多多了。而且，用于实验的绝大多数气体都有刺激性气味，如果你想靠闻来辨别的话，我建议你不用带我去了，还不如找条狗。当然，如果泄漏多了，狗可能直接就死了，你也是。”

晏雪明一时间竟无言以对。

靳夜顿时产生了一种胜利的满足感，又高冷地补了一句："我觉得，你还是尽快把那本《中考化学一本通》买回来，免得哪一天牛皮吹破了。毕竟，以你目前的认知，初中生的基础知识都比你好。"

晏雪明静默了半天，微微一笑，说："没关系，我老婆是化学天才就够了。"

靳夜别过头，再也不想在他身上找胜利感了。

论脸皮厚度，十个靳夜也比不过一个晏雪明。

离开秋实化工厂之后，晏雪明径直带靳夜回家。距离晚饭时间还早，今天的收获不算少，但这样的话题并不合适在外面谈。

路上，晏雪明在一个旧小区旁边的菜市场门口停下车，让靳夜在车里等着，他下车去买菜。

靳夜从小就埋头读书，后来便专注于科研事业，十指不沾阳春水。自立门户后，她也都是在外面随便买点东西吃，图方便，十块钱一份的盒饭吃得不少。

她趴在车窗前，有些好奇地看着晏雪明在菜摊前挑挑拣拣，过了近半小时，他才满载而归。

"你和卖菜的婆婆说什么呢？"靳夜瞅了一眼放在后座上的各种蔬菜和一条还在动弹的鲫鱼。

晏雪明抽了张湿纸巾擦手，边擦边说："砍价。"

然而，靳夜脑海里仿佛还回荡着他说的那句"我有钱，我最大”。

晏雪明笑着看了她一眼，问道：“怎么？很奇怪？”

靳夜点了点头。

“做动保是很缺钱的。”晏雪明说，“以前我不是继承人的时候，每个月的零花钱有限额，一大半都花在了动保上。对我来说，每六百元就能换一台红外相机替野生动物站岗，每五百元就能支撑一个队员一天的调查生存，每三百元可以满足一名志愿者寻访生态廊道的一个点位，每一百元足够分析一个点位半年的数据……如果没有投资商，这些钱不可能从天上掉下来。虽然我有钱，但也不是花不完的，能省则省，习惯了。”

不等靳夜说话，晏雪明似是想起了什么，又补充道：“说起来，六百元的红外相机用下来还是觉得不好使，我又换成了一千五百元的。”

靳夜觉得自己一个字都没听懂。

“你说的这些我不懂。”她沉思了一下，说，“我以为动保就是收养小动物，是很简单的事。”

“你说的这个，怎么说呢，不是我们的主要工作，但我们有时候见到了也会帮个忙。”晏雪明笑了笑。

靳夜似懂非懂地“哦”了一声，对这些不是很感兴趣。

晏雪明问她：“是不是觉得没有意义？”

靳夜点头道：“我处理过废水，也净化过空气，但目前人类还有很多影响生命进程的难关没有攻克。全球气候正在变暖，环境不断恶化，迫切需要解决的问题实在太多，我连同类都无法拯救，更没有时间和精力去拯救这样弱小的生命。物竞天择，这是自然定律。”

“你对动物保护有概念上的错误。”晏雪明说，“保护野生动物，是为了让人类生存的生态系统更加健康。”

“比如华北豹？”靳夜问。

晏雪明脸上的神情很认真：“是。大型猫科动物的存在，是一个生态系统功能完备的最好佐证。要让人类社会往好的方向发展，需要一个健全稳定的生态系统作为基础。如你所言，我们的水源需要净化，空气需要净化，未来形形色色的东西需要改善。那么，假如我们能够拥有一个完整的生态系统，有洁净的水源和纯净的空气，那不是解决问题最好的方式吗？如果没有问题，就不需要解决问题。”

靳夜“唔”了一声，说：“我能理解你的想法，但不支持。”

她思考着，神情有些复杂，白瓷般的脸上，眉毛微微蹙着，眼皮垂下来，露出纤长浓密的睫毛。但她那神情里又不尽然是迷茫，莫名地夹杂了些许无言的歉意。

晏雪明忍不住伸手揉了一下她的头发。

靳夜飞快地抬头问：“你做什么？”

晏雪明微微一笑，说：“安慰一下你。”

“我不需要安慰。”她拍开他的手。

“你在为你不能支持我的想法而感到抱歉？或者说，为自己对小动物的漠视而觉得不安？”晏雪明看着她的眼神，一针见血地道，“不需要，每个人都有自己的想法，每个个体都与众不同。”

靳夜抿了抿嘴，过了许久才低声说：“不是的。”

晏雪明没有说话，只是静静地等她开口。

这个不善言辞的女孩，需要足够的时间和空间才能开口诉说心事，独处太久令她习惯性地将想法压抑在心里。

“我学习化学，关心污染物处理，是为了让环境变得更好。”靳夜喃喃，“你说的都对……只是我觉得，人活着太难了，也太脆弱了……仅仅一场爆炸，就能带走九个人的生命。他们原本应该在干什么呢？在车间里有说有笑，还是在家里陪伴亲人？或者就像我们现在这样坐着交谈？人活着，太不容易了。”

她眨了眨眼，眼眶里隐隐含着水雾：“我的心只有那么点大，装不下太多东西，我不是不关心……”

“没关系的。”晏雪明打断了她的话，“关心也好，不关心也罢，都没有关系。”

靳夜抬起头看他。

晏雪明的笑容清澈而干净，他的眼睛里像是有星星。

他指了指自己的胸口，说：“我的心很大，让我来装就好。”

靳夜怔怔地看了他片刻，说了声“谢谢”。

车厢里充斥着陌生的温情氛围，然而下一刻，靳夜便把头转了过去。

靳夜逃避似的看向车窗外，车窗玻璃映出她素白秀美的脸，一双漆黑的眼睛如同放空一般凝视着远方。

在方才那一刻，晏雪明朝她微笑的时候，她无法抑制地从他脸上里看见了与晏雪平几乎相同的笑意。

那个穿着白大褂的人，双手撑着桌子，低头观察培养皿里的菌体，然后抬起头朝她笑着说："小夜，实验成功了。"他的眼睛里像有熠熠星光。

晏夫人怎么舍得冲晏雪明发火呢？靳夜有些失神，晏雪明笑起来的样子，多么像晏雪平。

"怎么了？"晏雪明有些狐疑地看着她，伸手抚向她的额头，"没有不舒服吧？表情突然那么严肃。"

晏雪明微凉的手指抚过她的额头，靳夜蓦然清醒。

不，不一样的，晏雪平永远是彬彬有礼、恰到好处的模样，偶尔透出些高傲和冷淡。他不会做出伸手触摸她额头的举动，也从来没有这么专注地看过她，可晏雪明……

靳夜仿佛忽然明白了什么，转过头再度静静地看着眼前微笑的青年。

晏雪明依旧在笑，问她："看我做什么？饿了？"

靳夜终于开口了："为什么？"

"嗯？"晏雪明问。

"我后知后觉地发现，你对我的态度，并不像对才见面不久的人该有的。"靳夜问，"你喜欢我？"

晏雪明抚过她额头的手微微一顿，然后，他收回手，很自然地说："是啊。"

靳夜的反应有些慢，回答却很直接。

"为什么？"她还是在问这个问题，语气里并无惊喜，只有意外。

晏雪明微笑着看她，目光里有一些温柔，也有一些怀念。

"有些人，我见到她的第一面就会觉得，啊，就是她了吧。"

靳夜怔了一下，又问："你什么时候见过我？"

她的语气很笃定，因为她很清楚，即便现在的晏雪明能够在她面前神态自若地谈笑风生，那也不代表他内心真正快乐和放松。

晏雪平死后，晏雪明就算再没心没肺，也没有见到她的照片就对她一见钟情的道理。

在巨大的变故面前，这样微小的爱意很快就会被悲伤的巨轮倾轧成齑粉。

晏雪明听懂了，脸上的笑意微微收敛。

"你还记得，你曾经把你的学习笔记给我哥检查过吗？"

靳夜想了想，说："师兄每年都会检查我的笔记，他算是我半个师父。"

晏雪明低声说："有一次我进他房间，拿错了笔记本。翻开那个本子的第一页，我就看到了一手漂亮的字，内容是'这个世界上唯有两样东西能让我们的心深深感动，一样是我们头顶上的灿烂星空，另一样是我们内心崇高的道德’。那时候我还想，这手好字的主人是哪儿来的老古板？可我哥把你博士生毕业的照片推到我眼前说，如果我有一天也能那么古板，他怕是做梦都要笑醒了。”

“大概是，我永远不会变成像你这样的人，可我喜欢像你这样的人。”他给出了结论，想了想，又说，“反正说不清，我也不知道，喜欢是件很奇妙的事。”

靳夜看着他，慢慢地说：“如果是这样，你现在就是乘人之危。”

晏雪明笑着说：“不完全算吧？我是真没辙了才想到领证结婚这个办法，可不是找机会套牢你。你别看我爸现在接受得这么顺利，这不过是表象，要真正接近事故的核心，我们还早着呢。只不过，对我来说，因为结婚对象是你，我心里会好受一些。”

“如果我没有和师兄换班，你们家也不会……”靳夜说。

晏雪明打断了她的话：“没有如果。”

“没有如果？”

晏雪明斩钉截铁地说：“没有。”他慢慢松开不知从何时开始就握紧了的手，又说，“即便有，我也只希望爆炸从不曾发生。”

两个人同时沉默了。

如果这个世界上真的有如果，那也只能是——所有的伤害都不曾发生。

过了不知道多久，靳夜才说："开车吧，回家还要做饭。"

晏雪明瞬间调整好了状态，随意地说："我还以为你会说开车去民政局。"

靳夜瞥了他一眼，连连反问："我去民政局干什么？离婚？那你的计划怎么办？我们的计划怎么办？"

晏雪明摸了摸鼻子，说："那就只能搁浅了。"

靳夜双手环胸坐着，一字一顿地说："我答应你的事，绝不会半途而废。我也希望你不要忘记，我们的初衷是什么。"

晏雪明笑道："你放心，我不会忘，死都不会忘的。"

那场爆炸葬送的，是他幼年时如参天大树的兄长和幸福的家庭，是靳夜原本光辉灿烂的前程，是九条无辜惨死的生命。若是他忘了，怎么对得起那些他看了千百遍的报纸、照片、视频？怎么对得起那些深埋在黄土里无法发声的孤魂？

"别说晦气话。"靳夜伸手用力拍了一下他的手臂。

"死"这个字实在太惨烈，她听着受不了。

"知道了。"

晏雪明拉住她的手，微笑着说："我会保护好自己，也会保护好你。即便有意外，我也会挡在你面前。"

靳夜任由他握着她的手，定定地看着他，说："说实话，如果真有那个时候，我希望你不要管我。事故一旦发生，逃生时间最多不过几分钟，有时甚至只有几秒，一念之间而已。你比我年轻，比我看得开，值得好好活着。”

晏雪明脸上的神情有一刹那的波动，随即又缓和下来。

他把靳夜的手缓缓放在自己胸口，慢慢地、一字一顿地说：“你放心，我会量力而行，我们都会好好的。毕竟，活着的人比死去的人更重要。”

靳夜修长白皙的手指下，是晏雪明那颗一下一下跳动着的心脏。此刻，她清楚地感受到了他那一腔沸腾的热血。

靳夜稳了稳心神，说：“有一件事，我必须提前和你说。”

晏雪明目光灼灼。

“一直以来，我……”靳夜觉得难以启齿，但此时此刻，她必须将这件事告知晏雪明，他也有权利知道。

“我都默默地喜欢着晏师兄。”她鼓起勇气直视晏雪明，“我喜欢晏师兄，这件事我不想隐瞒你。”

她的手还被晏雪明按在胸口，她下意识地挣了一下。

晏雪明没有放手，而是微微用力握住，说：“我知道的，这也没有关系。”

“嗯？”靳夜有些意外。

“那是你的选择、你的过去，我尊重你。”晏雪明微笑着说，“我很高兴你能亲自告诉我，虽然这件事我很早就知道了。”

靳夜轻轻地“啊”了一声。

“你想知道原因？”

“嗯。”

“你是不是更想知道……我哥知不知道？”

“嗯。”

晏雪明笑了笑，说：“连你都能感觉到我喜欢你，你说我哥知不知道你喜欢他呢？靳夜，你要知道，喜欢一个人的话，眼睛里对他的爱意是藏不住的。”

靳夜微怔，低头看向自己的手掌。

这一刻，她的内心充斥着前所未有的复杂情绪，有遗憾，有不甘，还有……

年少时，她曾那样卑微而小心地喜欢着晏雪平，得知他的死讯而放声痛哭的时候，她亦没有这样茫然和无措过。

原来，他一直是知道的，只是不说而已。

这真是一种残忍的温柔。

第三章　磐石

两个人最终也没吃上这顿饭。晏雪明在厨房处理鲫鱼的时候，他放在客厅里的手机响了，不知什么人一连打了十个电话，一直没人接都不放弃。

靳夜在客厅里看实验笔记，晏雪明的手机就放在她手边。她犹豫片刻，还是把手机送去了厨房。

厨房里有些闷热，晏雪明拿了手机就推她出去了。

隔着玻璃门，靳夜看到晏雪明接通电话后微微皱起了眉，没多久就挂了。

他说："联盟那边接到了热线电话，说山区的公路上发现了疑似华北豹幼崽的动物，目前有被过路车辆撞到的可能。我让人先过去了，但晚饭后我得亲自去看一下。"

靳夜陷入沉思。

晏雪明说了他的职业之后，靳夜就搜了一下华北豹的相关资料。

华北豹是国家一级保护动物，因为人为捕杀而数量稀少，在全国范围内都只有一千五百多只。

他们所在的S省由于森林环境较好，目前是全国野生华北豹数量最多的省市，足足有一千多只华北豹，这是一件令S省人相当骄傲的事。

华北豹本身就是国家珍稀物种，幼崽更是需要小心保护。

靳夜推开玻璃门走进厨房，说："你现在去吧，晚饭我叫外卖。"

晏雪明摇了摇头："我已经让协会里住在附近的志愿者过去了，这里离山区至少有两小时车程，我不差这一顿饭的时间。"

靳夜推了推他的肩膀，示意他出去："你先去处理你的事，我来。"

晏雪明有些怀疑地问："你会做菜？"

靳夜顿了一下，还是说："会。"

晏雪明没多想，点了点头就出去了，顺手带上玻璃门。他确实需要联络一下野生动物保护部门，华北豹的幼崽实在太稀罕了。

晏雪明走了之后，靳夜走到砧板前握住菜刀，犹豫地看了一眼砧板上的鲫鱼，还是把刀移了上去。

过了将近一个小时，晏雪明处理完了手头的事，准备去厨房帮靳夜端菜。

他推开门进去，靳夜看到他，神情有一点不自然。

晏雪明笑了笑，问她："怎么？烧煳了？"他过去看了一眼。

靳夜解释道："那个，鱼头反正也没什么用……"

那条鲫鱼已经变成一条咸鱼了，不但头没了，鳞片也像是遭受了虐待，七零八落的。

关键是，它已经被蒸熟了……

晏雪明大开眼界，竟然熟了？

靳夜还是一本正经的样子，眼神清冷，耳朵却有点发红。

晏雪明忍不住笑了："算了，果然还是得出去吃，正好去买点洗漱用品。明天我们去你宿舍，把你的行李搬过来。你先去客厅等我一会儿，我收拾下厨房。”

靳夜立刻转身出去了。

过了没多久，她又在门口探出半个身子，微微抬着下巴镇定地问：“要不要帮忙？”

她这副明明心虚却强装高冷的样子，和初次见面时真正的淡漠截然不同，在晏雪明眼里显得格外可爱。

他忍俊不禁道：“不用了，我很快就好。”

靳夜轻哼一声，说：“我给你点了外卖，出去吃太费时间了，你不用因为顾虑我而耽搁了自己的事。虽然已经有志愿者过去了，但我想，你不尽快去看一眼是不会放心的。”

如果真的等到去外面吃完饭、买好洗漱用品、安顿好她之后晏雪明再赶去那边，估计黄花菜都凉了。

晏雪明正在洗手，闻言笑道：“不错，看来你对我的了解正在加深。”

靳夜别过头说：“我只是不希望我们在合作过程中妨碍到彼此的正常生活。毕竟，找出真相是一回事，过日子是另一回事。”

晏雪明顿了一下，说：“你比我看得明白。”

他把碗放到洗碗机里，站起身笑着说：“对我来说，从我哥死的那一天开始，我的生活里就没有自己的事了。现在我能为华北豹操一份心，还是和我爸谈判的结果。我会替我哥做该做的事，我爸每年挪出盈利额的百分之零点五给我，作为给动保协会的投资。”

靳夜没有说话，有那么一瞬间，她是同情晏雪明的。

因为那一场爆炸，靳夜的前途毁于一旦，但对于毫无干系的晏雪明来说，又何尝不是呢？他不仅失去了他喜爱的事业，也被迫接受了继承家业的压力。

或许在晏岭和晏夫人眼中，能给晏雪明继承公司的机会已经是一种恩赐。

他只是晏雪平的替代品，甚至远远比不上晏雪平。

可是晏雪明有什么错呢？他热爱自然，向往山林，所以他学习兽医专业，为保护濒危物种而省吃俭用。即便是晏家，也不能用他不擅长的行业来衡量他的价值。

晏雪平终其一生都服务于恒远集团，而晏雪明想要的，却是山川大河，是飞禽走兽游鱼，他们是不同的。

靳夜走神的这一会儿，晏雪明已经查看了手机上的微信。

他说：“冯南，哦，就是我们协会的志愿者，已经到了现场。确定是华北豹的幼崽，他赶到的时候幼崽已经被路杀（动物在公路上被车辆撞死）了。”说到这里，他的情绪有点低落，“林业局给我回复说派了法医过去，那里不属于我们的地界，得林业局出手。”

靳夜似懂非懂，但大致明白了事情的紧急程度得到了缓解，遗憾的是，那只华北豹幼崽已经被过往的车辆失误撞死了。

她问：“你们经常会碰到这样的事？”

晏雪明思考了一下，说：“没有。华北豹不喜欢在公路上行走，就算要经过公路，也会选两侧植被发育得比较好的路段。但是现在高速公路、国道、省道，甚至县道、乡道，多得数不胜数，车灯、鸣笛声都会干扰它们的判断。幼崽没有进化出躲避车辆的本领，就很容易发生事故。”

他叹了口气，又说：“之前听到是幼崽，我就觉得情况不太好，没想到真的……”

他也没了做饭的兴致，草草收拾了厨房，又给靳夜泡了杯红枣茶，两个人便坐在客厅里等着外卖上门。

靳夜不善言辞，也不知道该如何安慰他，只好闷闷地说：“你们要不要建议林业局在那边装个警示牌之类的东西？避免以后再出现类似的情况。”

晏雪明点头道：“之前已经着手在做了，我去催一催进度。”

靳夜看了他半晌，又说：“我原本以为你的工作应该很轻松，没想到你什么都要做。”

晏雪明在低头看手机，顺口接了她的话：“所以，看在我是个劳碌命的份上，请夫人修炼下演技，减轻在下的负担，方便下次任务的开展。”

靳夜满腹安慰的话顿时夭折在肚子里。

她没好气地问：“你又有什么任务了？”

晏雪明回完了微信，抬头说：“明天把行李搬过来，准备见一见你的好闺密。”

“你要见少音？”靳夜微怔。

“你结了婚不该请好姐妹吃个饭？”晏雪明习惯性地用右手手指轻轻敲着左手的手背，给她分析，“这是个很合适的见面理由。如果她和事故没有关系，看到我只会为你高兴，如果有一丁点儿的可能，她参与了这起事故，或者说她是知情人，她就不可能看到你和我在一起还能保持平静。”

靳夜想了想，问道：“就像宋晓雯和秦孟冬的区别？”

“对。”晏雪明说，“毕竟，我们在一起的事，在与事故不相干的人面前是皆大欢喜，比如宋晓雯。但在事故相关人的眼里，就是不怀好意，比如秦孟冬。”

靳夜的心情有些复杂。

程少音是她从小到大唯一的好友兼闺密。爆炸发生之后，程少音为了保护她不被骚扰，不仅将她接到家中暂住，还为她挡下了记者的采访和遇难者家属的纠缠。甚至有一次，有人在程家门口往靳夜身上泼油漆，也是程少音毫不犹豫地挡在了她前面。

如果她们过去携手共度的岁月都是伪装出来的，如果她唯一的挚友其实有另一副面孔，那该有多可怕？

晏雪明能够从她的表情里读出这种矛盾的心情，伸出手轻轻握了一下她的手，说：“如果这样想会令你难过的话，你可以坚持相信自己的眼睛。我说过，这个世界上，唯有自己才可以相信。在明天到来之前，一切都是未知的。”

靳夜放下手里的茶杯，反问他："难道你从来都没有怀疑过爆炸案真的与我有关吗？"

晏雪明难得地沉默了一下才说："我怀疑过。"

听到他这么说，靳夜反而松了口气。

晏雪明同样怀疑过她，这就证明他从未因为感情而丧失应有的理智。

靳夜挑了挑眉，眼角那颗泪痣格外醒目。

"你找到我合作，证明你排除了我的嫌疑，为什么？你不像是会完全相信法庭证词的人。"

晏雪明深深地看了她一眼，说："我说实话，但是你得保证一件事。"

"嗯？"靳夜不解地盯着他。

"你不能打我。"晏雪明说，"骂也不行。"

"你说。"

"协会里有个志愿者是黑客，我让他黑了伯克利的官网和国内的信息网，你从小到大的所有信息，还有能够记录下你行动的所有监控录像，都事无巨细地存在我脑子里。"晏雪明用手指点了点自己的额头，微微一笑，"要我背一段吗？"

"不用。"靳夜沉住气说，"我只想知道细到了什么程度。"

如果他只是查了她的信息，她还不至于会打他骂他，晏雪明到底查了什么？

靳夜想到这里，神情就有些危险了，皱眉盯着晏雪明。

“那个，初二的时候，你是不是有一次生理期晕倒被送去医院了……”晏雪明正襟危坐，一本正经地建议，“我就是觉得，你可以找个中医看一看。我只是举个例子，没别的意思。”

居然细到这种程度……靳夜抄起桌上的书就要往他头上拍。

“你给我说说，这种事和爆炸案有什么关系？”

晏雪明飞快地站起来，眼神有些游移：“我真不是故意的。档案里的标题是‘就医记录’，我看得那么细，主要是怕你学生时代因为什么事或者疾病留下心理阴影，所以……”

“所以心理变态搞了场大爆炸？”靳夜冷笑道，“你见过哪个女生因为生理期而心理变态了的？照你这么想，满大街都是变态。你可小心点吧，回头我就自制一个炸弹给你当回礼！”

“别。”晏雪明赶紧转移她的注意力，“你叫的外卖来了。”

“你以为我会信？”

门铃“叮咚”一声响。

晏雪明无辜地看着她，摊了摊手道：“真的。”

他含笑看着她，眼睛弯成了月牙，睫毛纤长，眼中好似藏着星星，又透出几分狡黠的意味。

靳夜的手顿了一下。

晏雪明之所以看起来澄净又无害，完全是因为他十足的少年感和这双明亮干净的眼睛。

喜欢一个人的话，眼睛里对他的爱意是藏不住的。

譬如此刻，他微笑着看她的时候，眼中亦是带着难以忽视的情绪。

靳夜突然觉得有点不自然，收回手，瞪了他一眼："先放过你。"

晏雪明立马从她的语气里感受到了一丝松动，此时不抓住机会更待何时？

他顺势站起来揽住靳夜的肩膀，笑着说："走吧，拿外卖去。"

靳夜挣了一下，没挣开，没好气地道："拿外卖就拿外卖，你干吗？"

晏雪明理直气壮地说："万一这个外卖员是别人乔装的，那多危险？我们得假装是真结婚。"

晏雪明看上去高高瘦瘦的，力气却很大，靳夜索性放弃挣扎。两人走到门口打开门，靳夜冷着脸从外卖员手里接过外卖，又关上门，然后扭头一看，发现晏雪明的脸色很凝重。

靳夜怔了一下，迟疑地问："难道这个外卖员……"

她话音未落，晏雪明就忍不住笑出了声。

晏雪明继续揽着她的肩膀往回走，从一脸茫然的靳夜手里接过外卖往桌上放，还笑了一阵。

靳夜隔了几秒才反应过来，晏雪明刚才是在吓唬她呢。她顿时气不打一处来，又去拧他的手臂。

"好了，好了。"晏雪明笑着说，"生活总得加点调味剂。"

靳夜面无表情地说："那我给你加点王水，你觉得味道怎么样？"

晏雪明把她的那份饭双手举到她面前，微微一笑，说："那我只能用行动来赎罪了，夫人请用餐。"

"你能不能别叫夫人？"靳夜耳朵有些热。

"那叫老婆？"晏雪明一手撑着下巴，看着她吃饭。

"吃你的饭吧。"靳夜伸手把他的头往下一按，"别看我。"

晏雪明的头发剪得很短，清爽干净，靳夜把手伸回来的时候，还闻到了淡淡的柠檬香气，这和晏雪明给她准备的沐浴露是同一个味道。

靳夜不由得揣测，晏雪明身上是不是也带着这种清新的柠檬香气。

见靳夜看着他发呆，晏雪明又笑了，他的眼睛狭长上扬，生得非常秀气，笑起来就是一弯月牙。

"如果没有发生这么多事，和你生活在一起，真的非常愉快。"他的声音非常温柔，像夏天从山间流淌下来的溪水，也像每一次实验过后扑到脸上的凉水，听起来就让人放松。

靳夜抿了抿嘴，吃了几口饭，搁下筷子，喊道："晏雪明。"

他应声抬头。

"你对我付出这样的爱，我无法回报。"

晏雪明沉默了一下，随即笑了笑，说："我不需要你回报。"他将目光投向窗外，悠悠地说，"我如同飞蛾扑火，不求结果，也不求回报。"

靳夜怔怔地看了他片刻，低声说："如果，我是说如果，我不小心伤害到你，请你原谅我。”

“我会接纳。”晏雪明温和的声音像一束驱散迷雾的灯光，“你给予我的一切，我都能够接纳。”

靳夜慢慢垂下头，没有再说什么了。

大概是晏雪明注定和这只华北豹幼崽无缘，两人快速吃完饭开车上了山路，还没开到一半，车子就抛锚了。

时值盛夏，晏雪明下车检查一圈回到车上，额头上已经出了一层薄汗。

“查不出问题，轮胎也正常。”他简单地向靳夜说明了一下情况，然后给保险公司打了电话，对方表示拖车会在两个小时内到达。

靳夜透过车窗看向外面。

山里的夜格外地黑，除了路边一盏亮度不高的路灯，就只能看到前方拐弯处的夜光警示标志了。

晏雪明打了双闪，从后备厢拿出一个三角标牌放在车后，然后叫她：“下车吧。”

他又从背包里拿出一把不知道什么时候塞进去的木扇，给靳夜扇风。

靳夜问他：“在车里等不是更舒服吗？”

晏雪明看了她一眼，摇头说：“人待在车里，万一后面的车没看到三角标牌，直接撞上来呢？”

靳夜微愣，“哦”了一声，就着晏雪明伸出来的手下了车。

她常年待在实验室里，对这些常识确实不太了解，即便是开车，也只是在市区里小范围地转悠。

一下车，她就觉得一股热浪扑面而来。

靳夜转头看晏雪明，他还站在旁边，高高瘦瘦的身形笼罩着她，一手还拿着木扇给她扇风。

靳夜忽然有些赧然，手抵住扇子，低声说：“你自己扇吧。”

晏雪明的汗已经顺着额头流下来了，他却摇摇头说：“我没关系的，过去我也经常这时候待在山里。倒是你，实验室里多半有空调，你应该不太习惯。”

靳夜确实不习惯，才下车几分钟，她就热得有些烦躁。

最近又恰好是三伏天，每天的气温都超过了四十摄氏度。

晏雪明担心站在公路边也不安全，蹲下身打开手电筒看了看路障外面。

外侧并不是悬崖，不远处是一个缓和的小坡，坡上有几块大石，倒是适合人坐着。

这个地方靠近公路，时有车灯和鸣笛声，正常情况下是不会有野兽经过的。

他翻过栏杆，对靳夜说：“我过去看一下。”

靳夜点点头：“注意安全。”

晏雪明从背包里抽出一件橘色的反光安全衣套在身上，戴上手套就从坡上爬了下去。他翻坡的动作非常熟练，甚至称得上流畅漂亮。夜色里，隐约能看到他身上的反光衣反射出来的些许亮光。

他背包里的这一套装备，无疑说明了他对野外生存有着足够的经验，甚至翻山越岭也是他常干的事。

靳夜还是有些担心，犹豫着跨过护栏，蹲在坡上往下望。

好在晏雪明很快就回来了。

“我查看了一下周围的情况，没有动物的粪便和脚印。那边有一片很大的树荫，比这里凉快很多，我带你过去。”晏雪明笑着说，“我还发现了一个小惊喜。”

靳夜问：“什么惊喜？”

晏雪明握住她的手，微湿的手心有点烫。

靳夜很少参加户外活动，夜里翻坡对她来说委实有些难度。她紧张地抓紧晏雪明的手，小心翼翼地一小步一小步从坡上挪下去。

等她双脚安全落地，晏雪明才说：“那边有只小奶猫，爬到树上不敢下来了。我用手电筒照了一下，它的毛被修理过，看样子它应该本来是只家养猫，近期才被人丢弃的。它没有基本的生存本领，我等会儿去抱它下来。”

靳夜犹豫地问：“晚上爬树危险吗？”

晏雪明笑着说：“放心，没问题。”

说话的间歇，晏雪明已经飞快地从包里拿出了折叠帐篷，就着手电筒的光搭了起来。帐篷顶上还有个装了电池的小风扇。

靳夜由衷地说："我感觉你像一个百宝箱。"

晏雪明笑着问她："你是说哆啦A梦吗？"

靳夜想了想，说："如果你想做魔法少女，那也可以。"

晏雪明轻声笑了笑，原本清澈的声线听起来有些低沉，在山间树林里，伴着蝉鸣，听起来格外舒服。

靳夜有一瞬间仿佛遗忘了周遭的闷热和烦躁，整个人都静了下来。

她抱膝坐着，安静地看着晏雪明站起身。

晏雪明拍了拍身上的灰，笑着说："魔法少女没有，魔法师还能满足你一下。"

"嗯？"靳夜看着他。

晏雪明走到不远处的一棵大树下，抬头估了一下高度，然后就利落地爬了上去，没几下就爬到了高处。

夜里视线不佳，从靳夜的角度看过去，已经看不见晏雪明的身影了。

她等了不知道多久，那棵树上也没有动静。

靳夜站起身，拿着晏雪明留给她的手电筒，快步走到树下，举起手电筒往树上照。

眼睛被忽然出现的光刺激到，晏雪明未看清脚下的树枝，险些踩空。

幸好他手快，拉住了旁边的树干，树叶簌簌掉下去。

靳夜非常紧张地问："怎么了？"

晏雪明有些无奈，但是靳夜的担心于他而言更是一种甘之如饴的烦恼。他只能安抚她说：“没事，我很快就下去了，你先把手电筒关了。”

靳夜后知后觉地意识到灯光反而是一种阻碍，尴尬地关了手电筒，静静地站着。

她胆子很大，即便是独自一个人站在黑漆漆的野外也并不觉得可怕。

晏雪明果然下来得很快。

靳夜听到了微弱的猫叫声。

晏雪明怀里窝着一只银灰色的小猫，眼睛半睁着。

靳夜只看了一眼就觉得非常喜欢，她从他手里接过小猫，轻轻摸着小猫的背，问道：“你看得出它是什么品种的猫吗？”

晏雪明说：“应该是银虎。”

他对猫科动物有一定的了解。

靳夜爱不释手地抱着小猫，说：“那给它起个名字，叫旺财吧？”

晏雪明愣了一会儿才说：“你们工科生……真是词汇匮乏。”

靳夜冷哼道：“我喜欢。”

“行行行，就叫这个。”晏雪明举手投降。

靳夜这才注意到他的手心有点不对劲。

“你的手怎么了？”她问。

晏雪明把手背在身后。

“没事儿。”他神态很自然。

晏雪明从靳夜手里拿过手电筒给她照路，两个人快步走回了帐篷里。

一进帐篷，靳夜就立马打开了应急灯，说：“手呢？”

晏雪明只能无奈地伸出手来。

他的手心磨破了皮，大概是因为当时靳夜突然打开了手电筒，他情急之下抓住树干蹭伤的。

靳夜心里也明白，不由得有些懊恼。

晏雪明见她咬着嘴唇不说话，自顾自地从背包里拿出一瓶碘酊和一卷绷带。简单清洁伤口后，他用嘴巴咬着绷带的一头给自己快速包扎了起来。

这动作和他爬树翻栏杆一样迅速，靳夜连开口帮忙的时间都没有。

她干巴巴地说了一句“对不起”。

晏雪明笑着说：“你不用和我说对不起，我听到了你走过来的声音，应该提醒你的。”他晃了晃手，“过两天就好了。”

晏雪明的笑容真的非常治愈，他和晏雪平最大的不同就是，他气质干净，笑容明亮，眼睛里时时刻刻都亮闪闪的，像是盛满了星光。

怀里的小猫拱了拱她的手臂，靳夜低头看了会儿猫，犹豫地问：“我之前查过资料，发现你们其实很少进行野外救助。”

晏雪明有些意外她了解过，点了点头，说：“猫科动物学习能力非常强，就算我不救它，它在这个林子里待几天也就能适应了。毕竟猫那么多，我们不可能把每一只都带回家养起来。野性是猫科动物的天性。”

晏雪明果然是为了她才去救的小猫，靳夜咬了咬嘴唇，说：“谢谢。”

晏雪明知道她懂了他的心思，一颗心顿时变得柔软起来。

“我认为，让喜欢的人开心，是我应当做的功课。”他的语气里也带着醉人的温柔。

这是他今天第二次说“喜欢”。

大约是心思已经被靳夜说破了，他就干脆表现得更加光明正大、毫不掩饰。

靳夜叹了口气，说：“对不起。”

她目前还无法回应晏雪明的喜爱。

“你不用说对不起。”晏雪明说，“如果你不了解我的想法，我可以剖白给你看。”

靳夜无声地张了张嘴，不知道该说什么。

昏黄的灯光下，晏雪明微微弯起嘴角，黑白分明的眼睛清澈得像山间泉水。

他说：“我喜欢你，并不是想让喜欢成为你的负担，而是想让你知道，在我面前，你做任何事都是理所应当的。我照顾你、讨好你、保护你，都是我心甘情愿的，你可以心安理得地享用。因为这对我来说，不是辛苦，而是满足。

“这一点喜欢，是过去两年我独自一人在黑暗里摸索时支撑我的唯一光明。如果非要说抱歉的话，那应当是我欠你的。

“我很抱歉，没有经过同意就查看了你的个人资料和监控录像，这是我的错。我不愿意错过任何一点信息，是因为我喜欢你，我不能单纯凭借我的心意来为你证明清白，必须用证据让你堂堂正正地站在别人面前。

“你很好，也很努力。如果那场爆炸不可避免，那也不是你的过错。如果注定要有人付出代价，也应当是那个隐藏在背后的凶手。而我们，一定会找到他！”

靳夜怔怔地看着他。

晏雪明过去也说了一些类似的话，可这是她第一次听到他这样清楚细致地说出他对她的喜欢。

面对外人时，他圆滑又狡黠，见人说人话，见鬼说鬼话，可他对她的心意却这样真真切切、干干净净。

他的前二十年，是在为自己而活。

可在那之后，他永远留在了爆炸案的阴影里。

晏雪明说，他对靳夜的这份喜爱，是过去两年他独自一人在黑暗里摸索时支撑他的唯一光明。

靳夜能够想象，那些个日日夜夜，晏雪明蹲在电脑前，一遍遍地看事故相关人的所有资料、视频，去探究他从未涉足过的专业和领域，在父母面前依然孝顺尊敬。他将自己的喜好一再压缩，那该是一件多么辛苦的事啊。

他本来该活得多么肆意啊。

靳夜微微牵动自己的嘴角，努力露出一个淡淡的笑容。

“我会努力的。”她说，“你也要继续努力。”

我会努力喜欢你的。

你也要继续努力喜欢我啊。

晏雪明安安静静地看着她，笑着揉了揉她的头发，轻声说：“好。”

他抬头看向远处，愉快地说：“救援车来了，我们可以回家了。”

靳夜微一笑：“嗯，我们回家。”

第四章　异象

机场的人流量极大。

在见到不下十场团聚或离别的戏后，靳夜忍不住又看向了显示屏，确认程少音航班的到达时间。

屏幕上显示那个航班会准时到达，没有延误。

此刻，晏雪明已经陪着靳夜在机场等了两个多小时。相比靳夜的坐立不安，他没有丝毫不耐，甚至还两次离开去买饮用水和小零食，悠闲得仿佛是来度假的。

他说："别急，国际航班的出关时间比较长。"

晏雪明就是有这种任何时候都保持精致又舒适的本事。靳夜甚至怀疑，如果再给他一点时间和空间，他还能拿出一个折叠小桌子开始野餐。

靳夜说："我知道。"

程少音今天回国，她带着晏雪明来接机。

于她而言，这原本该是一件愉快的事，可是听了晏雪明的推测之后，面对程少音的回国，靳夜的心情就变得很复杂。

她既企盼这位唯一的闺密回来，坦坦荡荡地自证清白，又恐惧对方是否真的如晏雪明所说的那样，与爆炸案有关，会在她面前露出马脚。

当时，在晏雪明的建议下，靳夜抱着试探的心情给程少音打了视频电话。

视频里，程少音听说她闪婚后，立即将大小姐的矜持抛之脑后，尖叫一声扑到镜头前，难以置信地说了一句"Excuse me

（不好意思）”，随即又抱头大喊：“亭亭宝贝儿，你结婚了？天哪，我不敢相信！我要回去，你等着我，我要回去！”

程少音还是那个熟悉的程少音，可现在的靳夜却不再是那个心无芥蒂的靳夜了。

出于一种尴尬且复杂的心理，她坚定地拒绝了程少音让晏雪明在视频里露脸的要求。

于是，程少音以最快的速度订了回国的机票，反正她最不缺的就是钱和时间。

程少音搭乘的这趟航班已在下午三点十五分到达，可是现在已经五点四十五分了，她还没出关。

靳夜喝光了两瓶矿泉水，纵使表面上平静如常，心里却一直有忐忑和紧张的情绪在翻腾。

晏雪明试图分散她高度集中的注意力，想到他以前看过的视频，喊了一声：“亭亭。”

听到这个称呼，靳夜有一种难以启齿的肉麻感。

“亭亭”是养父母替靳夜起的小名，来自《项脊轩志》里面的“庭有枇杷树，吾妻死之年所手植也，今已亭亭如盖矣”。

靳夜的养父是文化人，前妻早年亡故，他领养靳夜时便给她起了这个小名。不过靳夜怀疑……比她更晚来到靳家的养母很可能不知道这个典故，不然非离婚不可。

靳夜猜测晏雪明可能是在她的监控视频里听到这个称呼的。程少音喊她“亭亭”是从小喊到大的，靳夜早已习惯，可晏雪明这样喊她，她浑身的鸡皮疙瘩就都冒了出来。

不过，幸好他没跟着程少音喊“亭亭宝贝儿”。

靳夜目不斜视地说：“干什么？”

晏雪明问她：“白月的晚饭你准备了吗？”

白月是他们捡回家的那只猫。

原本在树林里，它已经被靳夜起了名叫“旺财”。

回家后的第二天，晏雪明早起洗漱完，做好早饭，去敲靳夜的房门叫她起床。门打开后，一只银灰色的小猫悠哉悠哉地走了出来。

晏雪明蹲下来，神色不善地眯着眼睛看它。

他是个很记仇的人，没想到比他这个法律上的丈夫更早爬到靳夜床上的，居然是这只猫。

晏雪明拎着它的后颈站起来。

“白月。”靳夜及时喊了一声。

晏雪明差点没反应过来她在叫谁，顿了顿才问：“不是叫旺财吗？”

靳夜白他一眼，说：“我是有品位的人。”

晏雪明愣住了。

靳夜打量了一下他的表情，问：“你对这个名字不太满意？”

“不。”晏雪明正色说，“你每天给它换一个名字都好，随你高兴。”

靳夜没搭理他。

从此，这只难得地激发了工科生文艺细胞的猫就改名叫白月了。

不过，晏雪明不太想回忆它被叫白月的过程。

靳夜说："晚饭当然准备了。"

他们这个新家的伙食一向是晏雪明准备的，但他昨天临时回父母家住了一晚，这个任务就交给了靳夜。

晏雪明小心翼翼地问她："有拌鱼肉吗？"

"拌了，我拿量杯按照比例拌的。猫粮十克，鱼肉二十克，全拌好放在盆里了。"靳夜还好心地解释道，"因为鱼肉本来就比猫粮要重，所以会多十克。"

听到这样的表述方式，晏雪明压力有点大，因为他根本不知道，靳夜说的这个比例换算成克是个什么概念……但这个话题是他先起的头，所以只能继续下去。

"那挺标准的。"他微笑着赞扬道，"月月会喜欢的。"

靳夜问："你是不是对每个人都喜欢叫小名？包括猫。"

晏雪明笑着道："我只对亲近的人这样。叫小名不好听吗？月下亭中，雪夜清明，我们全家人的大名小名连在一起，就是个出尘的意境。"

确实很出尘，很文艺，靳夜听了只觉得牙酸。

她勉强扯了扯嘴角，露出一点笑意，鼓励了一下他："嗯，那挺好的。"

靳夜意味深长地看了他一眼，又说："你用大汤勺舀一平勺猫粮，就差不多是十克。”

晏雪明镇定自若地“哦”了一声。

“亭亭！”

来自程少音的迟来的叫声打破了诡异的气氛。

靳夜回过头，眼睛里少见地透出些许暖意。

程少音拖着一个小型铝制行李箱，踩着火红色的高跟鞋，风风火火地冲过来。

站稳后，她直接扔下行李箱，大力抱住靳夜。

“三个月没见了，亭亭宝贝儿快让我抱一下。”

靳夜则轻喊了一声“少音”。

“宝贝儿！想死我了！”

靳夜并未推开她，只报以无奈的微笑。

程少音欢快地说：“我妈一直不肯放我回国，可憋死我了，这次我跟她说我要等你办了婚礼再走。”

婚礼……靳夜不想打击程少音的积极性……婚礼这东西有没有，她自己都不知道。

程少音松开抱着靳夜的手，笑盈盈地说：“嗯，你看起来没瘦，我暂时对那个男人有一点点好感。”

“谢谢。”晏雪明终于可以出声了。

“那个男人”终于插上了话，他从听到“亭亭宝贝儿”那个称呼开始就觉得：好气哦，但还是要保持微笑。

程少音这才注意到他，目光从靳夜身上移开，落在晏雪明身上。

靳夜下意识地屏住呼吸，顿时紧张起来——不是因为程少音作为闺密会见自己的丈夫，而是因为不知道她会以什么样的态度面对晏雪明。

“长得还不赖，就是有点眼熟。”程少音语气平静。

晏雪明轻快一笑，伸出手说：“程小姐，百闻不如一见，我是晏雪明。”

程少音听到这个名字先是一怔，随即扭头看了看靳夜。见靳夜神色如常，她才和晏雪明握了一下手，迟疑地说：“你的名字和长相，与我认识的一个师兄有些相似。”

晏雪明原本就不打算避讳，说：“我有个哥哥，叫晏雪平。”

“亲哥哥？”

“亲哥哥。”

程少音知道晏雪平是怎么死的，再不通人情她也知道自己唐突了，顿时讪讪地说：“哦，冒昧了。”她眼角的余光在晏雪明和靳夜之间扫来扫去，“你们……”

迄今为止，她的表现都很正常，无论是作为靳夜的闺密还是晏雪平的师妹，她都表现得坦荡自然。

靳夜陡然产生了一种疲惫感，为自己对好友无端的怀疑感到了一丝愧疚。

晏雪明飞快地牵住她的手，捏了捏她的手心，示意她别太早松懈下来。

他笑着说："程小姐路上辛苦了，我们订了酒店，上车再说吧。"

程少音第一次享受被照顾的待遇，尤其是这个照顾她的对象还是她闺密的丈夫。过去从来都是她为了靳夜横冲直撞，这一次她成了被保护的对象，当下也不客气，空着手就等晏雪明替她提行李了。

"我还有两个箱子是托运的，助理替我去取了，不过她和我不同路，要麻烦晏先生了。我和亭亭打车去酒店就好。"说着，她指了指后面。

晏雪明顺着她指的方向看过去，两个二十八寸的行李箱陡然出现在眼前。

程少音挽住靳夜的手，笑嘻嘻地凑近她耳边说："我要考验一下他哦。"

说实在的，靳夜不太喜欢这种所谓的考验，能考验出什么？程少音多年的大小姐习惯让她话里的意味像是把晏雪明当成了服务生。

"少音。"靳夜开口说，"我觉得……"

"我让家里的司机来拿，我先送你们去酒店。"晏雪明及时打断了靳夜的话，十分礼貌地朝程少音微笑，"我可不敢把两位女士交给陌生人，尤其是我的太太。"

他的目光最后落在靳夜身上，温柔且清澈。

靳夜怔了怔，随即若无其事地转过头去，说："那就走吧。"

她脸上的神情仍旧很淡定，耳根却悄悄地红了。

程少音低下头朝她挤眉弄眼。

靳夜怕她又想出别的招数，扯了扯她的袖子，低声说：“好了，证都领了，还考验什么？”

程少音拉长了声音：“哦……”

晏雪明从容地走在前面，要是有条尾巴，恐怕都快翘上天了。

靳夜和晏雪明陪程少音吃了一顿宾主尽欢的晚餐，将她送进酒店的房间，然后才打道回府。

程少音到底是豪门教养出来的大小姐，除去一开始的娇纵直率，待客的礼仪表现得十分到位，再也没说出过居高临下的话语。

靳夜松了一口气。

一回到车上，晏雪明就锁了车门。

“少音没有问题。”

“我觉得她很奇怪。”

两个人几乎同时开口，听完对方的话，又同时挑了挑眉。

“女士优先。”晏雪明做了个“请”的手势。

“她从头到尾都表现得很自然，我找不到有什么奇怪的地方。”靳夜沉吟道，“见到你的脸、听到你的名字想起晏师兄，这些都很正常，少音一直都是这个脾气，想到什么都会直接说出来。”

晏雪明笑了笑，说："她是不是知道你过去喜欢我哥？"

靳夜有些不自然地"嗯"了一声，问他："你怎么知道？"

"女生之间的私密话题都与感情有关。"晏雪明说着，将目光投向窗外，然后慢慢地低声补了一句，"尽管每一次我都很不愿意想到这些。"

靳夜沉默了，不知道该如何与他继续关于晏雪平的话题。

晏雪明马上意识到了自己的失态，亦想到这失态会让靳夜陷入尴尬的境地，便笑了一下，说："抱歉，不说了，我们继续谈程少音。"

靳夜扭头看着他。方才那一抹落寞的剪影仿佛是她的错觉，晏雪明依然眉目干净，面带微笑，语气轻快得像春天里如浪的麦田间一阵温柔的风。

他的神情转变得如此之快，反而令她产生了一种说不清道不明的惆怅，或者说，难过。

她不愿去想，在过去的两年里，七百多个日夜，面对那么多零星而琐碎的资料，晏雪明是如何将自己真实的感情摒弃在外，从旁观者的角度看待这个案件，去揣测每一个涉案人员背后的意图。哪怕这些对象是他的亲人、暗恋对象，或者是周遭的同事、客户、朋友。

在平稳的呼吸里，靳夜感受到了自己内心细微的酸楚。

晏雪明稍稍偏了偏头，避开了她略显复杂的视线。

靳夜仍旧面无表情，却不擅长控制眼神，她的情绪变化全表现在眼睛里。

晏雪明将话题重新引入正轨："见到我会想到我哥，这确实很正常。"

说完这句话，他顿住了。

靳夜条件反射般吐出两个字："但是？"这两个字说出口的时候，连她也未发觉，自己的语气里带了一丝隐晦的讨好。

她急于抚平晏雪明方才所表现出的孤独和落寞。

这个认知让晏雪明的心情顿时好了起来，他忍不住笑着问："你怎么知道我有'但是'？"

靳夜瞥他一眼，没说话，表情似是在说"这还用问"。

"你的眼神像在埋怨我冤枉你的好朋友。"晏雪明将手搭在方向盘上，一双丹凤眼含着浅浅的笑意，"你说的这个'正常'，前提在于我们两个人没什么关系。程少音回国是为了见好朋友的新婚丈夫，也就是我。基于这个目的，她是不会忘记我这个身份的，从头到尾，她的言行举止也表明了她很清楚这一点。所以，如果换成你，你会在她的新婚丈夫面前公然提到她死去的暗恋对象吗？除了试探，我想不到别的理由。"

靳夜说："或许她只是喜欢直来直去，随口一问。"

晏雪明悠悠地说："这么随口一问，埋下的陷阱可就太多了。"

"如果你还喜欢我哥，你就会想起过去的惨案，情绪不佳，那我作为丈夫很可能会吃醋。一个男人吃醋会造成什么后果呢？至少也是和你冷战。

“如果你不喜欢我哥了，而且在你的描述里，这个案子让你遭受的许多人身攻击都是程少音替你挡下的，那她就不该忘记，你曾是舆论所指的爆炸元凶之一。

“死者的弟弟和‘元凶’结婚了，不提起这件事还好，提起了会发生什么？还是冷战或者明面上的吵架。人在情绪波动过大的情况下，很容易口不择言说出一些真相来。”

靳夜听得发愣，但还是说：“也许……不是陷阱太多，是你的心眼太多。”

“那么我换个简单的方式说。”晏雪明耸耸肩，“就算是再大大咧咧直来直往的女孩子，只要她真的足够关心你，就不会主动揭开你的伤疤。不管这伤疤是大是小，她都不会揭开。”

靳夜很想坚定地表明自己的决心，可晏雪明的话很有煽动性，他从头到尾思路都很清晰，自成逻辑。前面的分析都可以当作他一个人的揣测和臆想，最后一句话却实实在在地戳到了她的软肋。

是啊，程少音是知道她暗恋晏雪平的，亦知道她在晏雪平死后有多悲痛。晏雪明的身份如此敏感，如果程少音真的好奇，为什么不能私下问她？程少音要在这里待不短的时间，没必要在机场、在晏雪明面前直接提及晏雪平，这是在同时往他们夫妻二人心里扎针。

此刻，晏雪明把种种分析有条有理地摆在她眼前，纵使没有确凿的证据，她也必须正视他的怀疑。

一旦在她坚不可摧的心防上开了一道小口，这个事实所带来的恐惧、失望以及悲伤，便如潮水一般汹涌而来。

靳夜陷入了一种难言的沉默之中。

警察没有证据就不能随便审人，更不用说她和晏雪明作为普通人，只能通过言语间无形的交锋来获得一个模糊不清的答案。这种心思百转却得不到确切答案的揣测过程仅经历了一次就令她倍感折磨，不仅仅是程少音这一关，日后为了寻求真相需要攻克的每一个关卡，她或许都要经受有增无减的折磨。

晏雪明说，唯有亲眼所见的才是真相。

可所谓的真相，又怎么可能轻易出现在眼前呢？

外面是一个午夜酒吧，灯光打在靳夜的侧脸上，投射出一个别扭的英文单词——Chessman（棋子）。

在这场与命运的博弈中，谁又不是棋子呢？她像是漂浮在广袤大海上的一株海草，不知道去往何处，也不知道根系在哪里。

于她而言，这个世界仿佛一夜之间变成了鬼影幢幢的幻境。

她已经分不清是非黑白，也辨不明谁对谁错。每个人都仿佛有理有据，可又都并非无懈可击。

晏雪明看到她难解的神色，也沉默了。

“笃笃”两声响，驾驶座一侧的玻璃窗被人叩了叩。

晏雪明缓缓降下车窗。

酒吧外的保安彬彬有礼地说：“先生，您的车子是现在开走吗？我们的停车位有些紧张，外面还有客户在等车位，如果您不急着离开的话，我冒昧地请您到道路侧面等候。”

“走吧。”靳夜说。

晏雪明随即说：“我们这就走。”

“麻烦您了。”保安致歉，然后退回了门口。

晏雪明把车开出了酒店酒吧一条街，车内骤然暗了下来。

靳夜还在琢磨程少音的问题，程少音是她唯一的好友，如果单凭几句猜测就将其视为对立面，她做不到。可是，程少音确实可能与案件有牵扯，她必须想办法弄清楚个中缘由。

她想了想，还是开口说：“晏雪明……”

晏雪明却对她做了个“嘘”的手势。

“后面有车跟着我们。”他神情平静地开着车，眼角的余光扫过后视镜，“刚才那个保安有问题，他可能在车门上贴了窃听器或者定位器。以防万一，有任何话都回家再说。”

他们方才在车上说了太久的话，很容易被发现。

“有危险吗？”靳夜下意识地攥紧了手。

晏雪明不假思索地说：“你在我车上，我不会让你有危险。”

说话间，他打了转向灯，转上了一条车流量极大的主干道。不管对方想干什么，在拥挤的车道上总做不了小动作。

靳夜欲言又止，咬了咬嘴唇，说：“你自己小心就好。”

晏雪明没再和她说话，全神贯注地飙车。

从后视镜里可以看出，对方咬得很紧。

晏雪明车技不错，在闹市区频繁变更车道依然游刃有余。

靳夜心惊胆战地坐在副驾驶上，忍不住用手抓住了车门上的把手。

晏雪明漫不经心地说：“你开车的时候可别模仿我现在的节奏。”

靳夜心惊肉跳地说：“你还有心情开玩笑？”

“别担心，我想他们现在应该不会做危险动作。”他的声音格外冷静和笃定。

“为什么？”

“如果他们有那个底气干掉我们，在离开酒店的那条小路上最适合动手。我告诉你的时候，他们已经跟了我们有一段时间了。”晏雪明说，“说真的，在那条小路上，我有些紧张。但现在我确信，尾随、窃听这些举动都不过是虚张声势罢了。”

靳夜此时才想起还有个窃听器：“你怎么……”

晏雪明怎么就这么在窃听器面前直说了？万一激怒了对方怎么办？

“赌一把，该来的总要来。”晏雪明随意地说，“要是来不了，气死他们也好。”

靳夜紧绷着的情绪终于微微松懈下来。

晏雪明提醒她：“坐稳了。”

靳夜紧紧抓住门把手。

晏雪明将油门一下踩到底，直接急转弯调转了车头，随即冲上了旁边的应急车道。接着，他几乎毫不停顿地又转了个方向，冲上旁边的一条小路。

这是个非常漂亮的连续急转弯，如果不是他提醒，靳夜恐怕要直接扑在安全气囊上了。

晏雪明飞快地将车停在了没有路灯的巷子里，解开自己的安全带，然后俯身给惊魂未定的靳夜也解开安全带。

他喊她：“下车。”

靳夜的动作比头脑反应更快，她径直拉开车门，快步走到路边。

晏雪明握住她的手，轻松地跳上了旁边应急通道的楼梯。

不知穿过了多少扇门，晏雪明才把靳夜带到了另一条灯火通明的小巷里。

不远处有个宠物医院，门上挂着很陈旧的招牌，里面还亮着灯。

“你车技不错啊。”靳夜上气不接下气地说。

她一直待在实验室里，体力实在不济，要不是晏雪明拉着她，再加上危急关头爆发了潜力，她根本跑不了这么长的路。

和她相比，晏雪明只是喘气稍微有点急了。

“你得想想我以前是做什么的。”

“这和兽医有什么关系？”

晏雪明说：“我兽医专业都没毕业就转了金融，不然不会连基本的克数知识都不知道。”他向着宠物医院玻璃窗里的人挥了挥手，然后就蹲下来解锁门口的一辆黑色摩托车。

“我以前是职业富二代。”晏雪明吹了个口哨，“飙车是必备技能。”

靳夜憋了半晌才说：“那很危险的。这家宠物医院的人你认识？”

“医院是动保协会名下的，车是我的。”晏雪明跨上摩托车，对她说，“上来。”

靳夜看了看这辆漆黑的摩托车，问他：“这也是必备技能？”

晏雪明笑道：“不是，个人爱好。”

他给靳夜戴上头盔，系好带子，忍不住伸手捏了一下她的脸。

“干什么？”靳夜拍开他的手。

“放松一下，我带你去夜游。”

“我们不是在躲人？”

晏雪明戴上头盔，灿烂一笑，说：“躲人也可以顺便玩玩，抱紧我。”

因为刚才的危机，靳夜下意识地顺从晏雪明，伸手抱住了他的腰。

脸颊贴在他背上的时候，她才反应过来自己做了什么。

晏雪明又高又瘦，后背的脊柱微凹，微躬下身就露出了浅浅的腰窝。靳夜仰起头，还能看到他线条优美的突出的肩胛骨，肩宽腰窄，身材虽瘦，该有的肌肉却一点也不少。

晏雪明常年混迹野外，有肌肉是很正常的事。

人体结构的十四个黄金分割点，不知道晏雪明有几个？靳夜这样想着，甚至能在心里估算出他腰上的骨骼宽度，他的骨架不算大，属于中型骨骼，肌肉组织的分布却很均匀……

她这是在想什么乱七八糟的东西？她用对待实验体的态度把晏雪明的身体剖析了一遍，并且觉得还挺迷人的……

靳夜面无表情地将转了一大圈的心思拉回原点，只觉得手心烫得很，他腹部的肌肉仿佛燃着一把火，能透过衬衫灼烧她的手，她不得不悄悄地松开了一点。

晏雪明眼明手快地按住她的手背。

“你在想什么？”

他像是会读心术。

靳夜脱口而出：“黄金分割比例。”

“哦。”他平静地说，“我吗？”

靳夜镇定自若地回答：“嗯。”

晏雪明没作声。

不过，靳夜分明感觉到他全身的神经一瞬间紧绷起来了。

“你是不是很久没骑摩托了？”

“为什么这么问？”

“你看起来很紧张。”

“没有，我练一下肌肉张力。”

靳夜愣了一下。

骑摩托还要练什么肌肉张力？又不是举重。

“准备好了吗？走了。”

晏雪明加大油门冲了出去，摩托车在黑夜里快得仿佛是一道光。

在微风变作狂风自耳边呼啸而过的时候，靳夜还是紧紧抱住了晏雪明的腰。

过去的二十四年里，她一直活得中规中矩，唯一一次偏离人生轨迹，就是秋华爆炸案。即便是在那之后，她试图去探寻事情的真相，也都是循规蹈矩地探寻。而晏雪明的出现，却让她的人生列车开始脱轨。他不懂专业，不谙流程，只凭着聪明的头脑和敏锐细致到近乎可怕的观察力，就能捕捉到一闪而过的漏洞。

从一开始，靳夜就在跟着他的节奏走。

而现在，他载着她，戴着遮住整张脸的头盔，在夜晚的城市里穿行。

她甚至不想去思考是否会有人追上来，不想去探究对方的目的究竟是什么。

对程少音的怀疑，还未完全解除的危机，以及看不清的真相，此刻都让靳夜清晰地认识到，她与晏雪明，像是在一艘邮轮上。邮轮在大海上不断徘徊，无论有多少人想要上船或是已经上船，他们能够信任的都只有彼此。

晏雪明问她，准备好了吗？

一个月之前，他们还是陌生人，而现在，他们的命运已紧紧相连。

靳夜抿了抿嘴，在他背后小声说：“我准备好了。”

她的答案消逝在夜风中。

晏雪明微微翘起了嘴角，说：“回答得太慢了。”

“你听得到？”靳夜觉得脸上一热。

“听得到。”晏雪明的声音闷在头盔里，语气中的笑意却清晰可辨，“你没有说出口的，我也听得到。”

从她“怦怦”的心跳声里，他什么都听得到。

第五章　回溯

晏雪明的那辆阿斯顿马丁被拖回来的时候，靳夜特意下楼去看了。

车头车尾都被狠狠地撞过，而且撞击力度不小。

“都不是严重的损伤。”晏雪明仔细检查了一遍，和保险公司办交接手续，“发动机应该没问题，对方是个熟手，知道撞哪里能看起来很严重，其实不过是虚张声势。”

只看外观，是真的很惨烈。

“你们积怨很深啊。”靳夜淡淡地点评。

谁让晏雪明在窃听器面前说要气死他们？

晏雪明倒是挺放松的，耸了耸肩道：“我就是喜欢他们看不惯我又干不掉我的样子。”

然后，他又转头吩咐保险公司的人：“把索赔单送到恒远集团。”

很好，很嚣张。

那天晚上，晏雪明骑着摩托车带她兜了大半座城市。

本市的夜游产业做得极好，护城河外围灯火通明，树影婆娑，月光皎洁。

这原本该是很浪漫的场景，可惜靳夜大约是天生没有浪漫细胞，确认了身后没有人追来后，她就抱着晏雪明的腰睡着了。

早上，靳夜是在家里的床上醒来的。

她起床拉开门，看到晏雪明正在摆弄早餐。她打了个哈欠，说：“早啊。”

晏雪明像是刚冲过澡，头发还湿漉漉的。

早餐是抹了果酱的烤土司、烤好的番茄和培根，以及一小杯阿萨姆茶。

靳夜顺手拿起杯子抿了一口，满满的麦芽香和玫瑰香将她一夜的困顿驱散殆尽。

晏雪明真是个绝佳的生活助手。

等她坐定，晏雪明才和她谈起昨夜的事。

他昨晚将靳夜送回家后，一个人悄悄地回过阿斯顿马丁的停放处，搜到了窃听器，把那东西摘了下来。

靳夜皱眉说：“那很危险。”

“火中取栗总是危险的。”晏雪明笑着说，“要想得到有价值的东西，就得承担相应的风险。至少我现在知道，晚上十一点左右，车还是完好的。由此可以推测，当时我们丢下车后，他们应该就放弃了。大概是后来听了录音，他们气不过，又去撞了一下车子，顺便恐吓我。”

他悠悠地下了结论：“睚眦必报，气量狭窄。”

靳夜冷笑道：“所以，没事不要乱说话。”

“这点钱，我还赔得起。”

“哦，这点钱要是拿去投放红外相机，不知道能投多少台？”

晏雪明哑口无言，想想就觉得肉疼。

靳夜顿时觉得神清气爽，问他：“今天准备做什么？”

“撸猫。”

靳夜冷着脸把手举起来，想把盘子罩在他脑袋上。

“开玩笑的。”晏雪明飞快地站起来，笑着说，“我的意思是，现在已经惊动了程少音，我们得安分一段时间，免得再发生类似昨晚的事。”

“所以呢？”

晏雪明看了看手表，说：“所以，我们该老老实实去上班了。”

靳夜一怔，问道：“去恒远上班？”

晏雪明含笑道：“是。请问晏太太想要什么职位？晏先生今天去签个人事任命。”

靳夜还没消化她这么快就要进恒远集团的事实。

晏雪明凑近她，问：“怎么了？”

靳夜回过神来，说：“没什么，就是觉得有些突然。”

“出其不意，生活才有惊喜。”晏雪明说，“我保证，以后进行的每一步都让你感到惊喜。”

靳夜瞥他一眼，淡淡地道：“按照昨晚的情况，我觉得是惊吓。既然我们是合作伙伴，不如你写一份计划书，我提前有个准备。”

晏雪明摇头说：“你这样的想法不利于事态发展。”

他漂亮的眼睛里藏着微妙的笑意。

“连你自己都不相信你是我太太，又怎么说服恒远或者秋华的其他人？”

靳夜没说话，手握着叉子，停在半空中。

晏雪明循循善诱:“所以,我们不是合作伙伴,是新婚夫妇。”

靳夜抬头横了他一眼，站起来收盘子，浑身冒冷气。

“还是做总设计师怎么样？”晏雪明撑着桌子愉快地笑道，“打脸这种事，总要一下子打得疼些才好。”

靳夜皱眉问：“你要打谁的脸？”

晏雪明吃完了早餐，站起来走到镜子前穿西装，理了理袖口和领带，慢条斯理地说：“谁敢解聘我太太，我就打谁的脸。”

秋华集团当年把靳夜当替罪羊处罚、解聘，将她这颗无辜的废子推到大众眼前，让她承受媒体的无端揣测、网友的唾弃侮辱和受害者家属的谩骂推搡。

这口气，他总要替她出的。

靳夜正将碗放进洗碗机，闻言动作微微顿了顿。

她打开水龙头，背对着他，轻声说：“你不用特意这样。”

“我也是个睚眦必报、气量狭窄的人。”晏雪明静静看着镜子里西装革履的自己，衣着精致，身姿笔挺，斯文得像另一个晏雪平。

他忍不住扯了扯领带，又说：“谁欠我的……”

“你要怎样？”

“我要他原封不动地给我吐出来。”

这一刻，他没有掩饰自己的冰冷眼神，镜子里映出的晏雪明，仿佛才是藏在他身体里的那个真实的、阴郁的自己。

靳夜安静地站在厨房门口，过了良久才说：“如果有人欠我的……”

晏雪明头也不回地说：“如果有人欠你的，我就让他十倍、百倍甚至千倍地还回来。”

靳夜低下头，忍不住微微勾了勾嘴角：“我很期待。”

晏雪明开玩笑说：“我还以为你会说放过他。”

靳夜不由得哂笑道：“要是我有这么宽容，现在也不会站在这里和你一起追查爆炸案了。我该日日夜夜向上帝祈祷，恳求上帝宽恕凶手的罪行。”

说话间，她从厨房里缓步走出来。

晏雪明飞快地调整自己脸上的神情，转头微微一笑：“我很高兴你并不宽容，这样才给了我遇到你的机会。”

靳夜闻言，在距离他半米的地方停住脚步。

一身服帖的西装将晏雪明原本的少年气遮去大半，微微蓬松的短发也因为抹了发胶而乖顺地贴在脑后，衬衫领子竖着，黛紫色的领带系得标准又漂亮。

紫色对男人来说是个剑走偏锋的颜色，极易显得俗套又低级，可这个颜色却和晏雪明非常相衬。他皮肤白皙，五官深邃，黛紫色为他原本干净的气质增添了一丝危险的意味。

血缘当真十分奇妙，晏雪平与晏雪明这对兄弟，时而相似，时而相悖。

晏雪平即便是着正装，也是温和谦逊的。在靳夜的印象中，他永远温柔平和，甚至算得上是晏雪明口中的“宽容的人”。

可这样一个好人，依然有人想置他于死地。

晏雪明捂住了靳夜的眼睛。

他并不想在她清亮的眼睛里看到晏雪平的影子。

于是，他端正地站着，笑着问她："好看吗？"

靳夜回过神来，扯下他的手，淡淡地道："你让我想到了四个字——斯文败类。"

晏雪明耸了耸肩道："在某种程度上，我无法反驳你的评价。"

与靳夜合作之前，他能接触到爆炸案的相关资料全靠诱导和忽悠，简而言之，就是"骗"。

所以，他需要靳夜的掩护，而靳夜需要他的灵活机变。

靳夜懒得与他争辩，只问他："在你的计划里，我今天该穿成什么样去恒远？"

晏雪明笑着说："我太太的配合度越来越高了，稍等。"

他回房间从自己的衣柜里拽了一件白衬衫和一条黑色的西装裙出来："之前按照你的尺寸订的新一季高定，还有两套别的配色的。"

"你怎么知道我的尺寸？"靳夜接过裙子，大致比画了一下，确实很合身。

晏雪明有些心虚地别过头，摸了摸鼻子，说："就……上次说的，查了下你的资料。"

他不提还好，一提起这个，靳夜就又想到了自己来例假晕倒的事。她面无表情地斜了晏雪明一眼，拿着衣服大步走进房间，

“嘭”的一声关上了房门。

晏雪明讨好地敲了敲门，问道：“还有两套我等下拿给你？”

“不用，如果你对女性的身体构造这么好奇的话，可以留着自己穿。”

“呃……我不好奇。”

“不用解释。”

“我真的不好奇。”

“哦。”

晏雪明悻悻地折回餐厅，顺便把在客厅里走动的白月捞起来，关进笼子里。

靳夜换好衣服出来，恰巧听到晏雪明在对着白月自言自语：“宝贝儿，装好监控之前，你就在笼子里安分两天。唉……我现在也只能叫你宝贝儿了，对我老婆还不敢叫……”

他这是还惦记着程少音那句“亭亭宝贝儿”呢？是有多“气量狭窄”？

靳夜无言地蹲下来，向着白月拍了拍手，白月乖乖地“喵”了一声。

晏雪明的耳朵动了动，有些发红。他轻咳一声，若无其事地说：“换好了？那我们走吧。”

和白月相比，他倒是更像争宠的猫。

靳夜恋恋不舍地摸了摸白月的头，起身换鞋出门。

晏雪明福至心灵，突然说：“如果女性特指你的话，我确实很好奇女性的身体结构。”

靳夜抬手就把包拍在了他脸上。

“流氓，闭嘴！”

晏雪明眼明手快地接住包，笑嘻嘻地顺势拉住了她的手。

仿佛触电一般，靳夜猛地收回手，转过了头。

事实证明，晏雪明没有去做演员实在是浪费他的天赋。

作为总设计师的靳夜空降产品设计部的时候，听到两个年轻的女员工在窃窃私语。

“哇，小天使今天穿得也很禁欲。”

“小天使总觉得自己扮演霸道冷酷大魔王很在行，可是马甲都掉了不止一次了。”

她们……这是在说晏雪明？

靳夜侧头看了一眼正在表演移动冰山的晏雪明，腹诽：你们错了，小天使真的是大魔王。而且，他心黑得很。

晏雪明双手插在黑色西装裤口袋里，眉毛微皱，神情十分冷淡。

他向众人介绍：“这是总设计师靳夜，从今天开始，由她统领设计部，设计部的各位员工本周必须做好策划。下周开始，我们会对秋华集团进行交流调研。最迟本周五，我要看到策划书放在我桌子上。”

组长卢知微从办公桌前站了起来，毕恭毕敬地道：“好的，晏董。”

晏雪明转头看着靳夜的方向，轻声说：“那我先走了？”

靳夜点头道：“好。”

她耳尖，听到刚才那两个小职员还在议论。

“小天使今天这身衣服真招摇。”

“真没想到，他居然也适合这么招摇的颜色。”

靳夜忍不住抿嘴笑了。

晏雪明漂亮的眉毛微微向上一挑，他轻声问她：“我的话很好笑？”

靳夜一本正经地说：“没有。”她又催促道，“你快走吧。”

晏雪明无奈地睨她一眼，端着一张冷脸大步走了出去。

执行董事一走，整个设计部马上活跃起来。

“靳夜，是之前秋华的那个靳夜吗？”

“看年纪应该是，她和晏董什么关系？怎么还敢继续做设计师啊？”

卢知微拍了拍手，示意大家安静一下。他是个气质温和的青年人，五官平淡，鼻梁上架着一副黑框眼镜。

“靳总，我是产品设计部一组组长卢知微。”他进行了简单的自我介绍，“目前二组下放工厂调研，一组在总部待命。今后这段时间，我将直接听您吩咐。”

靳夜颔首道：“好，先请大家分别进行自我介绍吧。”

产品设计部一组共有六个人，除了先前议论晏雪明的两个小姑娘以外，其他的都是上了年纪的女博士，虽不善言辞，气场却很沉稳，让靳夜很有好感。

卢知微带靳夜去了总设计师办公室。

总设计师办公室在恒远总部的十二楼，三面落地窗让视野变得无比开阔，办公用品皆是黑、白、灰三色，各处布置了一些绿植，显得非常简洁雅致。办公室还附带一间小型的封闭实验室，里面有隔离间和清洁室，麻雀虽小，五脏俱全。除了晏雪明，恐怕恒远上下再没有哪一个人会这样用心地替她布置办公室。

卢知微为人周到，得知靳夜即将空降成为总设计师时，就整理好相关材料放在了桌案上。

靳夜对这个下属很满意，她还在秋华集团工作的时候，秦孟冬长袖善舞，另一位副总朱阳也是个不可小看的角色，和他们相处起来都没卢知微舒服。

靳夜大致看完了恒远产品设计部目前的概况，办公桌上的可视电话突然自动接通了。

熟悉的声音响起：“对我布置的办公室还满意吗？”

正低着头专心看材料的靳夜被吓了一跳，抬头就看到屏幕上是晏雪明微笑的脸。

她轻舒了口气，说：“还不错，谢谢。”说完，她又低下头，继续拿笔在实验计划上勾勾画画。

晏雪明靠在椅背上，懒洋洋地问她："午饭吃什么？"

靳夜对他的懒散不太认同，皱眉道："才吃完早饭你就想着吃午饭？没别的事可做了吗？既然来上班，就该认真一些。哪怕你不懂，多看几遍总是可以入门的。"

她一板一眼的，认真得像个讲师。

不过，晏雪明就是喜欢她这眉目间仿佛覆着一层冰霜、强装古板严肃的模样。

"好凶啊。"他笑道，"大小姐，现在是中午十二点了，你的材料能当饭吃吗？就算能，它也不如我秀色可餐啊。"

靳夜哑口无言，眼角余光扫到屏幕右下角显示的时间：十二点十七分。

她恋恋不舍地看了一眼桌上那摞厚厚的实验报告，为自己方才的行为感到了一丝尴尬。

她眼神游移，不去看晏雪明含笑的脸，愣了一会儿，还是说："去食堂吧。"

晏雪明立马说："我去接你。"

晏雪明的"食堂"和靳夜的"食堂"概念不同。

当两个人来到恒远总部顶楼的旋转餐厅时，靳夜站在玻璃窗前眺望整座城市的景观，发自内心地感慨："你这一顿饭可以换多少野外设备……"

晏雪明噎了一下，说："我早上签了个六千万的外资项目，在英国投资十个新实验室，收益可观，算上百分之零点五的利润提成，肯定能赚回来。”

靳夜安然坐下。

“你现在比我还关心动保呢？”

“随口一问。”

他们说话时，晏岭从不远处走了过来，喊道：“雪明，靳夜。”

靳夜立即站起来，不大自然地喊了一声：“爸？”

晏岭摆了摆手，说：“不用见外，坐下吃。我那边还有客人，就过来打个招呼。等下你们要是得空了，过去一起敬杯酒，都是熟人。”

都是熟人，这个范围就很好圈了。

晏雪明不假思索地问：“秦孟冬还是朱阳？”

晏岭不动声色，他儿子的反应速度真的非常快。

晏岭说：“朱阳。”

晏雪明笑了一声，说：“朱阳也值得我去敬酒？两个董事作陪，这么大的面子您给得起，我怕他受不起。”

恒远集团与秋华集团不仅是合作关系，还隐隐有上下级关系。秋实化工厂不过是秋华集团旗下的一个厂，总经理之位空悬，主事的唯有秦孟冬和朱阳两位副总。

晏岭居然郑重其事地接见他们，甚至还要作为集团执行董事的晏雪明去敬酒？

级别、职位都不对等，却能受到这样的礼遇，没有猫腻才怪。

“你前阵子去拜访秦孟冬，怎么没想着那只是个小厂的副总？你见了他，却不肯见朱阳，别人会有想法的。”晏岭摆了摆手，“我有我的用意，下周靳夜要带组去检查，儿媳妇第一次上工，我得给你们递个人情啊。”

晏雪明倏地站起来，微微一笑，说：“您既然这么说了，我不去一趟就太失礼了。我太太的事儿，我自然得在意。不过既然都是熟人，他来恒远不见见我，我也有一点小想法啊。”

他俯身用手指勾住桌上的酒杯，朝靳夜眨了一下眼睛，随即大步往不远处的隔间走过去。

晏岭摇头感叹道：“这孩子……锋芒毕露。”

说着，他顺势在晏雪明原本的座位上坐了下来。

靳夜这才理解晏雪明刚才那个眼神的意思，就是：这里交给你了。

靳夜并不了解晏岭，上位者容易多思多想，每一句话都需要斟酌，这太累人了。她宁可在实验室里蹲到天昏地暗，也好过与人应酬。

在靳夜绞尽脑汁地思索要如何与晏岭说话时，对方率先打破了沉默。

晏岭缓缓说：“雪平是我们夫妇按照继承人的要求培养的，通达人情世故。雪明就跳脱很多，他从小就聪明，不管是学习还是工作，只要花少许心思就可以应付过去。我和他母亲从来没有对他提过高要求，现在强行让他回到恒远来接手事务，就如同让一颗失控的行星回到原本的轨道上，十分艰难。”

“我不太理解爸爸的意思。”

晏岭顿了一下，又说：“我是说……雪明有时候做事不计后果，你比他大几岁，社会经验也比他丰富，一些不合时宜、不该做的事，还是要劝着他。我现在只有他一个孩子，你也只有这一个丈夫……”

靳夜打断他的话：“所以您希望他安分守己，但求无过。”

“是。”

靳夜一刀下去，切断了一块牛排，淡淡地说：“我们对待实验室里的小白鼠也是这样的。”

晏岭果然不希望他们继续追查秋实爆炸案的真相，可这是为什么？晏雪平是他充满希冀的长子，无辜枉死在一场爆炸事故中，他作为父亲，不应该彻查真相吗？是什么让他甘心放弃对真相的追查，时至今日仍不愿松口？

“我不是这个意思。”晏岭沉吟道，“坦白说，我其实并不想让你回秋实做调研，但我不想让雪明失望。这次你们下派秋实，主要是为了检查产品匹配度，我只希望你忠于本职，不要怀着恨意插手过去的事。”

靳夜说：“我原本没有那么充沛的情感，但您说到恨意，我就想驳一驳了。纵使我有满腹的爱和同情，又为什么要施舍给伤害我的人？为什么我不能怀有恨意？那太可笑了。”

晏岭沉默片刻，说：“是我唐突了。”他站起身，又道，“你们好好过日子吧，常回家看看，我去那边让雪明回来。”

靳夜也站起来，朝他鞠了一躬，说：“很抱歉让您失望了，但我只想忠于本心。”

“你是个好孩子，当年受委屈了。”

晏岭说完，缓步离开了。

靳夜立在原地，突然觉得鼻尖一酸。

晏岭的唏嘘并不能给她带来实质性的安慰，可他毕竟是晏雪平的父亲。对靳夜来说，她最无法释怀的一点就是，晏雪平是因为与她换班才会死的，可以说，他是替她赴死的。

即使晏雪明推测真凶的目标原本就是晏雪平，她依然无法解脱。

“怎么了？牛排都凉了。”

晏雪明回来了，一手搭在她肩膀上，俯身用自己的额头贴了贴她的额头。

他又问：“也没发烧，嘴唇怎么那么白？”

晏雪明此刻离她太近，漂亮狭长的丹凤眼就在她眼前，她还能闻到他身上淡淡的酒气。

靳夜还不习惯这样的亲昵，他一靠近，她的心便跳得有些快。

她下意识地伸手抵在他胸口，低声说：“我没事，坐下来吃饭吧。”

晏雪明松开手，招手让服务生换一份饭菜。

坐下后，他说：“下周回了秋实，方便的话查查朱阳。”

靳夜问："他说了什么？"

晏雪明正在替她剥虾，随口说："他暗示我秦孟冬有问题。他自己是学化工出身的，在秋华总部有后台，管的是厂里的产品线。这样一个地头蛇，若真觉得秦孟冬有问题，还有必要借我的手来查探？秋实化工厂的总经理位置之争已经白热化，朱阳和秦孟冬斗得越厉害，对我们越有利。"

靳夜发自内心地感叹："真累。"

晏雪明的手非常漂亮，因为他常年在外，肤色是极其健康的小麦色，十指修长，骨节分明。他剥起虾来十分轻快，仿佛在制造艺术品。

等新的牛排送上餐桌，靳夜面前已经有了满满一碟虾肉。

晏雪明用纸巾慢条斯理地擦干净手指上的汤汁，说："吃完了我们下午出去一趟。朱阳让我改变了想法，就算我们不找麻烦，麻烦也会自己找上门。"

靳夜问："去哪儿？"

晏雪明微微一笑，回道："去找陈复今。你还记得吧？那个录音里让我哥哥去检查阀门的人。我原本想把他留到最后，不轻易打草惊蛇，但是现在看来，蛇已经出窝了，我们再不去抓，他们怕是要溜走了。"

靳夜欲言又止，连带着食欲也丧失了许多。

她犹豫了半晌，又问："距离你说的案件重启，还有多久？"

只有真正让政府机关重启案件调查，才有可能真相大白。

像他们这样在黑暗中摸索，无异于飞蛾扑火，无济于事。

晏雪明抬起头注视着她，目光清亮且坚定。

“我们只有拿出证据，才能让法律站在我们这一边。没有证据，就是诬陷和猜疑，甚至是寻衅滋事，会破坏社会稳定。换句话说，我们怎么向别人证明，我们不是因为失去亲人朋友而丧失理智胡乱攀咬呢？所以，重启调查的时间，取决于我们什么时候能证明自己的怀疑不是空穴来风。”

他苦笑了一下，又说：“有时候时间长了，连我自己都要怀疑这是不是我的空想了。”

“录音和陈复今不算证据吗？”

“如果这条线索就断在陈复今这里呢？他把一切都扛下来，说与我哥有私人恩怨，你能反驳吗？我们还有别的证据吗？当年他们能在明面上把真相掩藏好，现在我们就只能在暗地里查探了。这很艰难，我知道。”

“艰难的一直都是你。”靳夜定定地看着他，“你有太多的事不曾告诉我，一个人默默地承受着种种煎熬和痛苦。你为什么不愿意分享给我呢？”

“在某种程度上说，男人和女人是不一样的。”晏雪明转了转酒杯，目光不知聚焦在何处，“女人遇到麻烦会想要分享，可对男人来说，扛起这份压力，是他们该有的责任和义务。如果可能的话，我不愿让你感受到丝毫的痛苦，但现在看来，这是不可能的事。所以，我只能退而求其次，尽我所能让你过得更好。”

靳夜的内心五味杂陈。

晏雪明笑了一声，没说话，埋头匆匆扒了几口饭。

靳夜却突然按住他的手，说：“不急于一时，你好好吃饭。两年都等了，这一时半刻我等得起。”

晏雪明低着头，将饭菜咽下去，轻声说：“真奇妙啊，不久之前，这句话还是我对你说的。”

靳夜蓦然想起当时她走偏的关注点，目光慢慢移动到晏雪明的手上。他左手的小拇指上曾戴着一枚象征独身主义的戒指，现在却干干净净、毫无痕迹。

她问：“你的戒指呢？”

晏雪明不自然地移开视线，说：“结婚了就不戴了啊。”

然而，靳夜已经渐渐摸熟了他的套路。

他这个反应多么眼熟啊，他那天说起偷看她录像的事情时也是这个表情。

靳夜试探道：“既然你是不婚主义，那我们下午就先去民……”

晏雪明眼明手快地捂住了她的嘴巴，急道：“我说！”

靳夜拨开他的手，清了清嗓子，严肃地道：“你说。”

晏雪明心虚地放下筷子，慢吞吞地说：“其实那个戒指有好几种用途……首先，那是我哥锁在抽屉里的戒指，内圈刻了他的出生日期，我戴着是为了提醒自己，一定要为他找出真相。

其次，我是为了给我爸心理暗示，从不婚到和你结婚，后面那个结果他更能接受。最后……”

靳夜挑了挑眉，问他：“最后，是给我下套？”

“不能这么说……”晏雪明一脸正色，“如果你没答应我去领证，那枚戒指就代表了我的感情归属。”

如果对象不是靳夜，他确实有不婚的打算。

靳夜微怔，又问：“为什么？”

晏雪明不以为然地道：“有伴侣有时候并不是一件好事。我不能保证自己会一直留在父母为我安排的道路上，随时有可能去山间或者树林里窝好几个月，因为我喜欢自由。”

靳夜皱眉道：“可我……”

“可你不一样。”晏雪明灿烂一笑，“我是心甘情愿把自由交到你手上。”

一开始，他从晏雪平口中就知道，她是个一板一眼的学霸少女，眼里只有产品和实验，能窝在实验室里一个星期不出门。慢慢的，他对这个与自己人生轨迹截然不同的小姑娘产生了好奇，他看过她的照片，读过她的实验笔记，听过她的演讲报告。最终，他在晏雪平死后才在视频里见到了抱着头挨打的她。

那一刻，他有多心疼啊，他默默喜欢的、未曾谋面的姑娘，被人冤枉，被人欺凌，被人辱骂，他却连一句解释的话都无法替她说出口。

而当她从傍晚如瀑的霞光中走来时，他才清醒地认识到，哪怕他们从未真正见过面，但只要一眼，他就能清晰且真实地知晓，这就是他记忆里那个冷淡却善良、古板却聪明的姑娘。

能够见到活生生的她，真好啊，哪怕她眉眼间含着冰霜，神情里带着防备。

那一刻，他就把束缚的线放在了她的手心，他这只风筝，无论她要不要，都是她的。

靳夜抿了抿嘴，食不知味地将他剥好的虾放进嘴里，咀嚼，咽下，然后低声说："知道了。"

可是，晏雪明分明看到了她的耳根微微发红。

第六章　夜曲

陈复今住在一条旧巷子里，房子稍显老旧。

顺着斑驳的墙根往上看，低矮的电线杆上还停着零星几只灰麻雀。

靳夜独自站在陈复今住所的门前，犹豫半晌后敲响了房门。

“谁？”

门内传来一声不耐烦的问话，音色却很年轻。

靳夜深吸一口气，开口说：“请问陈复今在吗？我是秋实化工厂的会计，陈工之前办了内退手续，现在有笔福利费要发，单据上需要他签个字。”

“什么福利费？”

一声嘟囔后，门被人从里面拉开。

一个半大的少年顶着一头乱糟糟的卷发，哈欠连天地靠着大门说：“把单据给我，我拿进去签。”

这应该是陈复今那个卖他手机的侄子。

靳夜镇定地回答：“这单据需要本人面签，否则我就不用自己来了。”

“烦死了。”少年骂了一声，转身进去踢开房门，“进去吧。有别的客人在，你签完赶紧走。”

靳夜握紧手里的笔和纸，随着他进了房子。

门又“嘭”的一声关上了。

房间里光线很暗，窗户紧闭，空气里隐约有一股霉味，物品杂乱无章地摆放着，让原本就不大的空间显得格外拥挤。

不远处的客厅里，陈复今和晏雪明相对而坐。

少年口中的客人正是晏雪明。

这是晏雪明与靳夜提前谈好的策略，为了营造一种简单的心理暗示。

如果他们一起过来，对陈复今来说就只是一次探访，但如果他们分别前来，却会两次施加无形的压力，一次比一次更能起到压迫作用。

陈复今闻声抬头，看到靳夜的一瞬间，整个人都愣住了。

靳夜也愣住了。

资料上显示，陈复今如今应该刚过而立之年，可他看起来头发稀疏，面皮松弛，身形枯瘦，竟像是五十多岁的人。

这是时隔两年后，靳夜再次见到陈复今。过去在工厂，她也曾见过这位工人，但因为与其职位悬殊，并无过多交往。可她依稀记得，陈复今也不是如今这个模样。

晏雪明清越的声音在此刻响起："陈工今天还有别的客人？"

他说起话来语句清晰，音色极其悦耳。

对陈复今来说，相比见到靳夜时的恐惧，晏雪明循循善诱的语气无疑更能让他接受。

"没有，我不认识。"他说，"建国，这位小姐走错了，带她出去。"

名叫建国的少年站在门口喊道："她说她是你们厂里的人，你有一笔福利费可领，要面签什么单据。"

靳夜直挺挺地站着，重复了一遍：“对，我是代厂里过来的，福利费的单据需要你面签。”

她第一次干骗人的勾当，紧张得喉咙发涩。

听到“福利费”三个字，陈复今的表情有些犹豫。

他警惕地发问：“你已经被解聘了，厂里的事怎么会交给你来做？”

靳夜按照晏雪明想好的说辞一字不落地复述：“像我这样的高级人才，复聘也很正常。”

这句话让她觉得很羞耻，话语中满是自大的意味，完全是晏雪明的风格。

陈复今半信半疑。

靳夜面不改色地拿出足够以假乱真的签收单据，和笔一起放到桌子上。

看着她这副如临大敌的模样，晏雪明握拳抵在嘴边，别开头无声地笑了。

靳夜瞪了他一眼。

陈复今飞快地低头签完字，便问：“钱呢？”

靳夜张了张嘴，还是觉得说不出口，默默地低头从口袋里拿出一张现金支票，放在桌子上。

陈复今飞快地抢过支票，仔细核对金额。

眼看着钱砸出去了，收获却半点都没有，晏雪明抬头朝靳夜快速说了句唇语：红外相机。

意思是……这支票上面的金额值多少红外相机？

靳夜无言地看了他一眼，深吸一口气，说："陈工，你还记得爆炸发生的当天上工时的事吗？"

她一气呵成地问出了口，音量还极高。

陈复今手一抖，支票一下子没拿住，薄薄的一张纸飘到了地上。

他的嘴唇忍不住上下抖动起来，半晌，他才憋出一句："不记得。"

"那你……"

"出去！"陈复今猛然拍了下桌子，"建国，叫她出去！建国！"

靳夜盯着他的眼睛说："你如果不记得，就不用这么心虚。"

"建国！"

陈建国立马跑进来，拉着靳夜的手臂就要往外走："行了行了，签完字就出去，走走走。"

晏雪明的目光落在陈建国抓着靳夜手臂的手上，他及时开口："我想这位靳小姐应当会自己走，任何一位绅士都不会这样对待女士。"

听起来，晏雪明是让她走。

靳夜一瞬明白了他的暗示。

"我自己会走。"她冷着脸说。

在晏雪明充满压迫的目光下，陈建国立即松手，竟还讨好地说：“晏先生，不好意思，不好意思……”

靳夜说：“陈工如果想起了什么，可以随时来厂里找我。”

说完，她目不斜视地大步走出去。

陈建国没去送她，而是半弯下腰，笑着问晏雪明：“晏先生晚上想吃什么？”

“不打扰你们了，我还有公务。”晏雪明温和地笑笑，“我只是来探望一下陈工，想知道陈工的病情近来是否有好转。还有，陈工的医药费还够用吗？若是不够，集团的救助基金今年还有多余的。”

陈建国顿时眼睛一亮：“那自然多多益善。”他嬉皮笑脸地说，“晏先生真是好心人，我叔叔这几年的医药费都是您出的，真是……”

晏雪明说：“能用钱解决的事，都是小事。只是近日，我发现了一个有意思的视频，我想请陈工看一下。”

他从公文包里拿出一部款式老旧的手机，放在桌上。

陈建国登时脸色一变，一把把手机抢过来。

他认出来了，这是他背着陈复今偷偷卖到二手市场的那部手机。

陈复今说：“什么东西，拿来。”

“诺基亚，用了大约不到一年，五成新。”晏雪明轻轻敲了敲桌子，“我从二手市场买到了这部手机，又找技术部的人还原了数据，发现了一个视频，陈工还认识这部手机吗？”

陈复今猛然意识到了什么，冲着陈建国喊道：“拿过来！”

他说得太急，呛了一下，顿时猛烈地咳嗽起来。

陈建国不太愿意把手机递过去，见手机界面上是一个视频，便顺手点了播放键，还说：“我、我卖的时候没看到什么视频，不关我的事。这什么视频啊，黑漆漆的……”

视频开始播放了，声音传了出来。

“怎么了？”

“晏老师，劳烦您进去查查，味儿好像不太对。”

“嗯？我刚才检查了阀门，是关着的，难道是哪里的管道出了问题？稍等，我去拿仪器勘测一下。”

“欸，好，我先进去查一圈儿。”

视频画面抖了一下，晏雪平的脚步声远了。

“你跟他说了？”

“说了，他说马上来看。你麻利点儿，收拾一下，别让人看出来了。”

“放心。”

陈复今沉默地端坐着，手微微颤抖起来。

晏雪明从呆若木鸡的陈建国手里抽回手机，放进包里，淡淡地说：“我想问陈工，这个视频是真的吗？在我向你寄托我对哥哥的思念之情的这两年，在恒远负担你近百万医疗费的这两年，关于爆炸案的内情，你一个字都没有向我透露过。”

陈建国急忙说：“这事和我没关系啊，晏先生，这肯定是误会……”

陈复今的医药费有一半落在了他手里，被他挥霍了，晏雪明要是让他们吐出来，他们砸锅卖铁都还不起。

陈复今没有说话。

晏雪明喊了他一句：“陈工？”

陈复今的目光落在门外。

门口有点动静，是靳夜还没走。

陈建国方才反锁了门，她正在研究怎么开锁。

听到视频播放的声音，她便停下了动作，面无表情地站在门口，静待里面的结果。

“是不是真的，我无可奉告。我是将死之人，该受的报应都受了。”陈复今慢慢地说，“既然已经受了报应，就让我把秘密带到坟墓里去吧。你要是不满意，可以把钱收回去。这两年每个月你都要来我这里惺惺作态，现在才把视频拿出来，忍得很辛苦吧？”

晏雪明忽然笑了，笑容中透出一股冷意。

他沉声说：“我忍受的一切，都是要让旁人付出代价的。”

陈复今“呵呵”一笑，没接他的话，反而盯着门口，幽幽地说：“靳老师，你对晏雪平的感情可真深啊，时隔两年还愿意为一个死人奔波。”

门外的靳夜僵了一下。

陈建国骂骂咧咧地上前开锁。

靳夜走进来，缓慢地转过头，一双眼睛冷冷地看向陈复今。

“是啊。”她轻声说，“我要是不替他奔波，真怕他半夜来敲我的门。你说，凶手怕不怕？”

陈复今脸上顿时呈现出一种奇异的色彩，脸颊两侧的肌肉也轻微发颤。他撑着桌子站起来，说：“反正都是要死的，没什么可怕的。”接着，他又转头对晏雪明说，“晏先生，我想靳小姐对您来说不会陌生。任何一个与那件事有关联的人，都不会忘记她。”

晏雪明说：“是。”

“你能查到我身上，就能查到她身上，既然都是来问那件事的，又何必做戏呢？”

晏雪明嗤笑道：“那么，是什么让你觉得，我会对一个同样可疑的人表示信任，并且与她演戏呢？”他转头朝陈建国说，“建国，请靳小姐出去，接下来的谈话我不希望有其他人听到。”

“不。”陈复今说，“我现在倒是愿意与靳小姐谈一谈了。”

“为什么？”

“有人憎恶，有人记得，我才能感觉到自己还活着。”

“你活着的成本还真是低廉。”晏雪不容置喙地道，“让她出去，你能活多久，是由我决定的。”

陈复今置若罔闻，半掀着眼皮靠着椅子。

“靳小姐不是说我想起了什么就能联系你吗？我现在可以说了。我想起了一些事，和案子没什么关系，但和晏雪平有关系……”

晏雪明直接打断他的话，回头盯着靳夜，说：“出去。”

“和案子没关系，和晏雪平有关系”，陈复今这句话让他感受不到丝毫善意。

陈复今不是在提供线索，而是在展开攻击。

靳夜纹丝不动地站着，坚持道：“我有权留下。”

“有个东西，靳小姐可能感兴趣……”陈复今一边说着，一边把手伸进了衣服口袋里。

靳夜正要走过来，晏雪明却陡然站起来，闪电般攥住了陈复今的手腕。

靳夜被他吓了一跳。

陈复今说：“别怕，不是什么危险物品，我没那个能耐搞到那种东西。”

陈复今自嘲地笑了笑，张开手指，手心里是一个小布包。

靳夜的视线完全被晏雪明遮挡住了，她后知后觉地意识到，从衣襟里掏东西这个动作蕴藏着多大的危机。因为对方掏出来的可能是一把枪、一把刀，甚至可能是一小杯腐蚀性液体，而晏雪明在刚才那个瞬间，毫不犹豫地站在了她面前。

晏雪明没有松开手，居高临下地说：“打开。”

陈复今慢慢揭开那层布，里面是一枚有些发黑的戒指。

“爆炸发生后，我和大家清理现场，在地上捡到了这个。别人或许不知道，但我知道这枚戒指是谁的，因为我在晏雪平的抽屉里见过。晏雪平平时从来不戴戒指，那他为什么要在抽屉里放对戒呢？这是女戒，它的主人是谁？男戒又在哪儿？靳老师不好奇吗？万一，它的主人是你呢？”

靳夜一怔。

陈复今声音嘶哑，继续蛊惑她：“你试试这是不是你的尺寸不就知道了？”

靳夜的脸色在昏暗的房间里显得格外苍白，她犹豫了一瞬，伸手去接。

晏雪明却蓦地劈手夺过戒指，对陈复今冷冷地道：“我哥哥的遗物，我收下了。现在，我也想和靳小姐谈一谈了，下次再来看陈先生。”

他这次称呼的不是“陈工”，而是“陈先生”了。

陈复今笑出了声。

“还有下次？那我等着你转来的下一笔钱。”他说，“晏雪明，我突然觉得你很可怜，明明怀疑我、憎恨我，但只要你想从我这里得到答案，就得顺应我的心意，给我钱，替我找医生。虽然我命不久矣，但我活得痛快啊，你能有我痛快吗？你要是实在忍不了，不如拿刀杀了我啊。”

晏雪明静静地看着他，随即漫不经心地一笑：“看来，你很想死啊？”

他此时的笑容同以往的大相径庭，双眼弯起的弧度似刀刃，目光凛冽又危险。

靳夜有种不好的预感。

下一秒，晏雪明真的从公文包里掏出一把狭长的水果刀。他一手握刀，一手掐住陈复今的脖子，将他摁到了墙上。

雪亮的刀锋抵着陈复今的脖子，寂静的室内能清晰地听到陈复今骤然变粗的呼吸声。

“杀人很容易，不过一念之间。”

晏雪明比陈复今高太多，他低着头，嘴角含笑，语气平稳得有些不真实。

他的神情里有一种说不清道不明的冰冷感，眼睛里却像是燃着一簇火。

他接着说：“可是，我更想让你好好享受化疗的感觉。你要是真想死，今晚就可以开煤气，或者出门跳河，不用激我。没有哪一个死人还会留恋钱，所以……”

他拍了拍陈复今的脸，又说：“你好好想想，现在是谁求谁，谁更希望你死。想清楚了，再来找我。”

陈复今的脸色变得格外难看。

晏雪明松开手，好整以暇地理了理袖子，说：“靳小姐，接下来，就是我们之间的事了。”他像对待陌生人一般冷笑道，“我有那个荣幸请你共进晚餐吗？”

晏雪明此时的脸色太可怕，阴冷煞白，带着一股风雨欲来的滋味。

他的状态转变得太快，靳夜还未消化他这个真实且陌生的形象，言语却比大脑反应更直接。

她配合他的演出，漠然问：“去哪儿？”

晏雪明说：“出去说。”

陈建国被晏雪明拔水果刀的动作吓蒙了，愣愣地给两个人开了门。

晏雪明从容不迫地走了出去，靳夜随后跟上。

踏出巷子，靳夜就停下脚步，朝晏雪明伸手：“戒指给我。”

晏雪明一言不发地僵立了片刻，还是从口袋里拿出了戒指，放到靳夜的手心。

“不是你的尺寸。”他说。

靳夜心情复杂地转了转这枚戒指，又抬头去看晏雪明那张平静得仿佛什么都没发生的脸。

刚才有那么一秒，她竟然有些担心晏雪明的心情，不敢直接将戒指套在手指上。

可事实上，晏雪明的神情依旧平静。

靳夜飞快地将那种莫名的失落感掩藏，毫不犹豫地将戒指在十根手指上都套了一遍。每根手指都不合适，戒指果然不是她的尺寸。

她轻轻呼出一口气，心里有一种说不清道不明的惆怅感，为自己无疾而终的暗恋，也为晏雪平戛然而止的人生。

晏雪平在死之前，应当有一个深深爱着的女孩吧，否则他也不会买对戒。

可惜，他绚烂的人生还来不及展开，就连带着这份隐秘的爱深埋进了黄土。

人生最大的遗憾并不是得到或失去，而是来不及。

来不及爱，来不及被爱，来不及享受人生，来不及追逐与拥有。

“你准备戴多久？”晏雪明冷不丁开口。

靳夜如梦初醒，连忙将戒指从手上取下来，重新用那块布包好，还给他。

靳夜问：“你怎么知道我的尺寸？”

晏雪明淡淡地道：“猜的。”

靳夜不解：“那你为什么不让我当面戴给陈复今看？不让我反驳他？”

晏雪明双手插在口袋里，低头踢了踢路上的石子，说：“那很无聊。”

无聊？这是什么形容？

靳夜忽然想起晏雪明下午说的话。

“等等，你把戒指再给我看一下。你不是说你的那枚戒指内圈刻着生日吗？那这枚也可能有。”

“这枚戒指内圈没有，可能被人用工具抹掉了。不管是哪种可能，它都不可能是你的。”

靳夜愣了半晌，“哦”了一声。

虽然她并没有指望自己会是戒指的主人，但晏雪明说得这么直接，仿佛是她始终在痴心妄想，这让她很难堪。

晏雪明说：“如果另一枚戒指可能是你的，我也就不会出现在你面前了。”

靳夜蓦然抬起头盯着他，问：“什么意思？”

“没什么。”

靳夜抱臂站着，目光上下打量他，说：“把你的头抬起来。”

晏雪明应声抬头，薄唇抿成一条线，漂亮的丹凤眼并没有把目光聚焦在她身上。

看他的表情，好像哪里都正常，又好像哪里都不正常。

“算了。”靳夜兴味索然，“回家再说。”

晏雪明愣了愣，问道：“说什么？”

“不是兵分两路试探他吗？还能说什么？交流结果。”

“哦。”

晏雪明又低下头，一声不吭。

他这两年始终都在紧盯陈复今，以晏雪平温和又天真的弟弟的身份，让陈复今相信，他将一腔对亡兄的追忆之情都寄托陈复今这个幸存者身上。

因为长期在辐射车间工作，陈复今身上多处癌细胞扩散，晏雪明毫不犹豫地以恒远集团的名义为他的医药费买单。陈氏叔侄有他们自己的相处模式，陈复今的医药费大部分被侄子拿去挥霍了，所以陈建国将晏雪明视为待宰的肥羊。

靳夜唱红脸，晏雪明唱白脸，总有一个人能让濒临死亡的陈复今开口。

然而，他们今天闹了这一出，陈复今却说要将秘密带到坟墓里去，态度还很是强硬。

事情进展得并不顺利，陈复今最后拿出的那枚戒指也令人心烦意乱。

“晏雪明？”

晏雪明应声抬头，眼神游移：“什么？”

靳夜皱眉道：“我喊了你好几遍了，少音打电话约我去吃饭，你自己回去，行吗？”

“等一下。”

“你要一起去吗？”

“不用。”一听到程少音的名字，晏雪明停滞的思维就立即飞快地运转起来，他几乎不假思索地说，“你见程少音的时候，能假装在和我冷战吗？试探一下她的反应。”

听到这个，靳夜忽然觉得有一口气堵在喉咙里。

“可以。”她说，“你要是想逼真一点，我可以真的和你冷战一下。”

晏雪明沉默片刻，说：“如果你需要的话……”

靳夜冷冷地打断了他的话：“我需要。”

“那好吧。”

靳夜抿了抿嘴，意兴阑珊地转头就走。

晏雪明却后知后觉地牵住她的手。

靳夜冷着脸问："干什么？"

晏雪明从另一边的口袋里拿出一个小小的丝绒盒子，默默地送到她面前。

靳夜没有接，挺直背站着，说："你先说这是什么。"

晏雪明低垂着眉眼，显得很温柔，声音也很低："我们都结婚了，你不能没有婚戒，你先拿着。"

难怪他知道她的戒指尺寸，原来是早就量过了。可是，哪有人是这样送婚戒的？反正她是没见过。

靳夜下巴微抬，说："晚上再说吧。"

然后她就直接跑了。

晏雪明杵在巷子口，长长地叹了一口气，眉眼间第一次浮现出烦躁的情绪。

他从口袋里取出一支烟，刚含进嘴里准备点火，却猛然意识到了什么，动作一下子顿住了。

他一手夹着烟，一手拿着打火机。

短暂的沉默之后，他蓦然低头笑了一声，胸腔里的一颗心大起大落。

靳夜带走了戒指，所以他两手空空。

她接受了。

哪怕怒气还未消。

靳夜回到家的时候，晏雪明正一个人盘膝坐在宽大的落地窗前，一动不动。

客厅里没有开灯，窗外华灯闪烁，灯光透过玻璃窗照进来。

朦胧的夜色中，他的身影显得有些孤独。

靳夜站在沙发旁，狐疑地问：“你吃晚饭了吗？”

晏雪明“嗯”了一声。

他用手撑着地面，站起身，开灯，从黑暗中一步跨进了光明里。

他问：“今晚过得还愉快吗？”

现在是晚上十一点五十六分，距第二天开始还有四分钟。

靳夜犹豫了一下，还是实话实说：“也没有很愉快。”

晏雪明娴熟自然地给她倒了杯温水，看着她喝下去，然后才不紧不慢地开口。

“两个人一起骂我，还不够解气？”

“不完全是。”

靳夜当时是沉着一张脸赴约的。尽管她有些生晏雪明的气，但还是顾全大局，在程少音面前半真半假地抱怨起来。

当然，她尽可能用了符合她性格的抱怨方式，比如面对程少音的提问，她总是模棱两可地回答。

这样的举动，让她清晰地感受到了自己身上产生的可怕变化——她变得越来越善于欺骗，且这个欺骗对象是她视为挚友的程少音。

程少音还在为自己当时在机场的失言感到后悔，小心翼翼地问靳夜：“那你还喜欢晏师兄吗？”

然而，这也不是个愉快的问题。

靳夜说：“我不知道。”

程少音犹豫了一会儿，又问：“那你喜欢晏雪明吗？”

靳夜并没有直接回答这个问题，只是说：“我们已经结婚了。”

程少音一瞬露出了了然的神情。

这句话里的未尽之意太多了，或许靳夜与晏雪明结婚另有目的，或许晏雪明只是晏雪平的替身。

不管程少音的理解是哪一种，晏雪明希望靳夜达到的效果完全达到了。

夫妻离心之后，程少音会有何动作？是耐心地开解靳夜还是添油加醋地数落晏雪明？不管她是真心还是假意，很快就能一目了然。

这样看来，靳夜整个晚上的努力没有白费。

晏雪明笑了一下，说：“你比我想象的更擅长说谎。”

听到这样的评价，靳夜并不觉得愉快。

她将自己从与程少音见面时的虚伪躯壳中剥离出来，觉得不寒而栗。

手中握着玻璃水杯，触感温热，她低头饮下数口温水，方才感觉到血液重新在身体里流动起来。

晏雪明蹲下身拉住她的手，将那双微凉的手拢在手心。

“你还在生气吗？”他问。

靳夜摇头道：“我只是觉得很累。”

这种累，并不单单只是因为陈复今的话，或是晏雪明突如其来的情绪变化，而是她对自己不得不做出的改变而感到悲哀。

如果所有探寻公正和道义的路途都必须借助谎言和伪装来行进，而不能光明正大，那该是一件多么可悲的事。

晏雪明欲言又止，最终仍是顺从地说：“那你先休息吧，剩下的事，我们明天再谈。”

靳夜抬起头看着他。

忙碌之后，独自坐在黑暗中的晏雪明是那样阴郁，但只要回到靳夜面前，他便仿佛走进了光明里。

他笑起来时，整张脸都神采奕奕的，眼睛里仿佛藏着亮闪闪的星星。

在这样一双眼睛的注视下，一般人是很难一直板着面孔生气的。

只是，靳夜今天确实身心俱疲。

她自晏雪明的手掌中将手抽出，起身走出几步，旋即又顿住，说：“你也早些休息。”

白月“喵”了一声，从角落里溜出来，跑到她脚边蹭了蹭。

晏雪明沉默片刻，说：“好，晚安。”

“晚安。”

这个晚上，靳夜睡得并不安稳。

爆炸案之后，她一贯浅眠。但是这一次，隐约有悠扬的小提琴声从四肢百骸穿进梦里，萦绕在她耳边。

靳夜睁开眼睛，掀了被子下床。

声音从客厅传来，时高时低，迂回婉转，轻柔又低沉。

可惜，靳夜没有欣赏的兴致，作为一个单细胞的理工科人士，她只觉得自己被人打断了睡眠，因而极其烦躁。

靳夜拉开门，克制住脾气问：“你不用睡觉吗？”

她知道晏雪明内心的挣扎和不痛快，努力调整了语气。她体谅他的状态，但她并不认同。

站在客厅里的人转过身来，音乐也停了。

“你听到了我的邀请。”晏雪明的语气竟然有一丝愉快。

靳夜双手环胸站在门口，冷着脸说：“扰人清梦。”

“天快亮了。”晏雪明歪了歪头，笑着说，“我在叫你起床。”

靳夜扫了一眼墙上悬挂的木钟，指针指向了五点，清晨的霞光已经透过玻璃窗照射进来了。

她在床上辗转反侧，竟不知转眼间已夜尽天明。

“叫我起床做什么？”靳夜靠着门说，“我要去洗漱了。”

晏雪明大步自落地窗前走过来，晨光熹微，映在他脸上。

“我反省了自己的表达方式，总觉得该补给你一些仪式。”

“什么？”

晏雪明倏地抓住她的手，单膝跪下来，另一只手的手心躺着一枚闪闪发亮、不容忽视的指环。

靳夜睁大眼睛，下意识地往后退。

可晏雪明攥着她的手，惯性反倒使她往前倾了一些。

靳夜的目光落下来，意味不明。

她昨天傍晚负气离去，手里却还攥着晏雪明的那个丝绒小盒子。

在程少音揶揄的眼神下，她打开了盒子，然后，喋喋不休的程少音瞬间噤声了。

盒子里是一枚太阳形状的戒指，主体是一颗椭圆形的宝石，宝石色泽血红，四周还有一圈碎钻，折射出难以忽视的亮色。

那一刻，程少音看向靳夜的眼神有些难以言喻了。

红到这种程度的宝石本身便是举世罕见的奇迹，这一颗目测至少在二十克拉以上的宝石则可以称得上价值连城了。

晏家是很有钱，但晏雪明愿意为靳夜花费巨额的钱财，足以说明他对这段感情的认真态度了。

靳夜看着晏雪明依然明亮且温柔的眼睛，缓缓说："我不懂珠宝，但我知道这东西一定很昂贵。"

她的手背上还带着晏雪明手心的温度，她能感觉到，随着自己的开口，晏雪明的手微微收紧了一下。

"你要退还给我吗？"晏雪明问。

靳夜摇摇头，说："我会当作你寄存了巨额的财富在我这里。如果我们最终能有一个好的结局，我会将它占为己有，可如果……”

“没有如果。”晏雪明微微一笑，“你现在就可以占为己有。”

靳夜说：“那会让我感觉自己像一个无理的强盗。”

“爱都是无理的。”晏雪明娓娓说着。

他低头轻轻吻了下靳夜的手背，狡黠而笃定地说：“我觉得，夫人，你已经动摇了。”

靳夜下意识地反驳：“我没有。”

晏雪明将戒指取出来，在熹微的晨光下，套进了她的手指。

他说：“你知道我为什么会选择这枚戒指吗？在犹太人的认知里，红宝石是不死鸟的化身，拥有化敌为友的魔力。而这枚戒指，曾是英国前约克公爵夫人收藏的至宝，在多个拍卖会场辗转，最终落在我手里。我认为，它和你十分相配。”

他凝视着面前有些怔忡的妻子，目光温柔，隐隐含着一丝悲伤。

他在心里默默地说：我希望你能有如不死鸟一般的活力和生机，亦盼望未来你能以此披荆斩棘、乘风破浪。

靳夜的手被晏雪明牢牢握住，她只能选择低下头去看戴着戒指的手。

鸽血红的宝石熠熠生辉，一如面前这个年轻人的眼睛。

靳夜深吸一口气，长长地叹息道：“不知道为什么，在你面前，我总想为不爱而致歉。”

“我爱的人无须道歉，更无须为她不爱我而道歉。在我心里，她永远是对的。”

靳夜失笑道：“晏雪明，你的化学可能不及格，但情话考试一定是满分。”

晏雪明微笑着问：“那你是主考官吗？”

靳夜抬头看向远处即将升起的朝阳，玻璃窗上映照出两个身影，一个站着，一个单膝跪着。

她悠悠地说：“如你所说，我还有别的选择吗？”

当她说出这句话时，晏雪明只觉得自己的心一瞬间仿佛要跃出胸膛。

第七章　迷离

“实验室仪器未在规定时间内关闭，十分钟内经办人员经过了至少三次，均未发现问题。

“液压器阀门闭合不严，当值工程师未发现异常。

“本月内氨气发生泄漏的次数高达五次。”

……

靳夜面无表情地对着秦孟冬一条一条地列举秋实目前存在的问题。

实在是太糟心了！她万万没想到，时隔两年，秋实的安全漏洞居然多到了令人发指的地步。靳夜敢说，如果情况再这样恶化下去，不出两年，更大的事故都有可能发生。

见识到这么多疏漏，愤怒几乎要从她心底破土而出。

晏雪平一行九人的性命都未引起这些尸位素餐的生产者丝毫的重视和警惕，哪怕只是一丝丝失误，都有可能葬送他们九个乃至九十个、九百个人的性命。

更让她无法言说的是，首当其冲的工人们对这些漏洞同样不以为意，而他们背后的那些温馨小家却要为此提心吊胆，一如她过往对晏雪平的担忧。

读书时，她很难对历史产生过多的共鸣，而此刻，她深切地感知到“怒其不争，哀其不幸”是怎样一种滋味，更为活生生葬送在这些疏漏中的生命感到不值得。她无法控制自己不去想，晏雪平的死是否也仅仅是因为某一个小小的误差，或者某些人一分钟的失神？

靳夜深吸一口气，努力压抑情绪，说："秦总，整改的问题我列了三十六条，全在这里了。在我的职业生涯里，我从未见过有哪一家化工厂存在如此多的漏洞，而且还是一家发生过重大爆炸事故的化工厂，后果如何，请您三思。"

秦孟冬神情尴尬。

他坐在皮质的办公椅上，摁灭即将烧尽的烟头，微微皱眉说："靳老师，这些问题可大可小，我心中有数，但你是秋实的老人，有些事我也不妨直说。产品线的管理，我有心无力，那不是我分内之事。我身在管理之职，理应担负管理之责，但是……"他抬手指了指背后，"那一位不让我管，你也知道。"

他说的是朱阳，朱阳才是主管生产线的人，而他自己主管的是行政。

晏雪明说过，秋实的总经理之争非常激烈，秦孟冬和朱阳同为副总，若想上位，就必须先把对方拉下马。

朱阳是化学专业出身的，不可能不知道什么是隐患、什么是危机，尤其是在事故刚刚平息的头两年。

秦孟冬把这个皮球借由靳夜的脚踢回给了朱阳。

靳夜不屑于和他争论这些弯弯绕绕的事，径直起身说："既然这样，我不为难秦总了，去朱总办公室一趟。如果事情无法妥善解决，我也只能写进检查报告。"

不等秦孟冬开口挽留，她就踩着高跟鞋"噔噔噔"地转身往隔壁走。

朱阳正在看这一季度的生产报表，靳夜推门进来，他应声抬头。

与秦孟冬相比，正值而立之年的朱阳外表看起来十分具有攻击性。秦孟冬文质彬彬，戴着一副金丝边框眼镜，眼神温和。而朱阳的眼神则是锐利的，他看向你的时候，眼神仿佛一柄尖刀，可以剖开你隐藏的秘密。

朱阳的长相其实十分英俊，而且是那种极其阳刚的英俊。他扯了扯领子，向靳夜微笑致意，荷尔蒙气息便扑面而来。

朱阳笑着招呼："靳老师，请坐。"

在朱阳身上，上位者的积威极重，哪怕是面对靳夜这种下派检查的工程师，他也毫不示弱。

靳夜不打算与他叙旧，将检查单放在他桌上，伸手按住，一字一顿地说："朱总，这份检查单今天早上我已发到您的邮箱，希望您尽快解决我列出的问题。"

朱阳颔首道："我看到了。"他回答得很爽快，"近来我疏于管理产品线，让你见笑了。"

"如果这只是一家普通的人力公司，有再多的漏洞我也能秘而不宣，但这里是工厂，丁点漏洞都不能有。朱总是专业人士，这个道理不用我强调。"靳夜点了点检查单最上面的三个问题，又说，"我不想以这些问题来要挟你或者在你面前逞威风，我只希望'安全生产，平安回家'这样朴素的一句话不会成为任何一个家庭的空想。"

“三天之内，我保证整改完成。”

朱阳不似秦孟冬那样时刻带着笑，他承诺起来面容端正严肃，很能令人信服。

“只不过……”他挑了挑眉。

“嗯？”靳夜不解。

朱阳继续说：“不怕神一样的对手，就怕猪一样的队友。”

朱阳的打趣并不能消减靳夜的怒火，反而让她更为不悦。

“我没有在开玩笑。”靳夜皱眉道，“你们不能把内部管理的分歧带到生产上，这是一种不负责。”

朱阳意味深长地说：“我比谁都想把事情做好，毕竟生产线是我管的，出了问题都是我的责任。靳老师，您说对吗？”

朱阳的言下之意是，秦孟冬并不希望生产线安全无虞，是为了打击他？

靳夜冷笑道：“你们怎么内斗我不管，作为工程师，我只希望下周能看到整改全部完成，否则我会将情况如实上报给集团总部和质检部门，避免事故发生。”

“请您放心。”朱阳微笑道，“我，言出必行。”

对着这样一张不太正经的脸，靳夜实在提不起对他的信任。

但是，利益是对想上位的人最原始的驱动。只要朱阳还想升职，他就不敢让问题扩大。

靳夜由衷地生出一种倦怠感，甚至感到失望。多么可笑，在这样一家小小的化工厂里，最基本的职业操守和道德准则竟然要靠利益来维持，还不如当年就此关闭，免得贻害人间。

直至下班回到家中，靳夜仍在思考，朱阳的话或许不仅仅是在暗示她这一次的检查有猫腻，还有当年的事故。

晏雪明下班后，靳夜将原话复述给他。

晏雪明只是冷笑着说：“狗咬狗，一嘴毛，让他们继续吵。”

谁都想在靳夜面前表现得大公无私，也更想与当年的事故撇清关系。他们分别暗示自己的清白以及对方的嫌疑，恰恰说明了他们两个人都干净不了。

一念至此，靳夜便有些食不下咽。她放下筷子，蹙眉思考片刻，问道：“那我接下来该怎么做？老实说，秋实的问题不是一丁半点，我不信之前毫无漏洞。”

“朱阳实在是个很聪明的人。”晏雪明饶有兴致地说，“每年的例行检查，他总能恰到好处地暴露出一些不涉及生产安全的小毛病，大多是内部管理上的问题。这一次出现这么多严重的问题，我也很好奇，他究竟是想让谁看到？”

在朱阳手里，这家不大不小的化工厂仿佛是可以任意揉捏的圆球，安全还是危险，都在他一念之间。

靳夜无声地叹了口气，说：“那我姑且见机行事。”

她眉宇间似乎覆着一层冰霜，藏着一丝淡淡的怅然。

离真相越近，探索者便越是深陷其中，千头万绪弄不清楚。

晏雪明夹了一筷子菜放在她碗里，淡淡地说：“接下来，只待给他们一点催化剂。”

靳夜不解地问：“催化剂？什么？”

“我哥的生日快到了。”

靳夜一怔。

面对面坐着的两个人此刻都有一瞬间的恍惚。

事故发生后的日日夜夜，似乎每个人都记得亲人离去的那一天。那是太过灰暗的忌日，令人们往往因着这死亡而沉痛，而忘却了亲人出生时给他们带来的喜悦。

这两年里，靳夜心心念念的也唯有晏雪平的忌日，早已淡忘了他的生日。

在大多数人心里，死比生的分量更重。

“每个做了亏心事的人都会有弱点，这是人性。在特殊的日子里，这种弱点就会无限放大。”晏雪明慢条斯理地咽下最后一口晚饭，又说，“下午，我给秦孟冬寄了邀请函，我要给我哥哥办个生日会。”

“你疯了？”靳夜难以置信，“谁会来死人的生日会？”

“我以我生日的名义邀请了很多人，但我只会让特别的人知道这到底是谁的生日。”晏雪明垂下眼帘，说，“这很疯狂，我知道。”

靳夜沉默许久才说：“我不希望你在真凶崩溃之前自己先崩溃了。”

晏雪明喜欢不按常理出牌，这种剑走偏锋的举动或许确实能够带来触目惊心的真相，但同时也可能会给他自己造成更多的伤害。

她并不希望，晏雪明为了晏雪平，把自己拥有无限可能的未来一起葬送。

他不仅仅是有些疯狂，甚至疯狂到令人感到害怕。

晏雪明看着她，微微一笑：“我知道你在担心什么，真的不是你想的那样。”他伸手抚摸了一下靳夜微凉的脸庞，又说，“我才刚刚娶到了媳妇，我很珍惜我的人生。”

靳夜没好气地拍开他的手：“别扯其他事。”

晏雪明低声笑道：“我说了，活着的人更重要。你看，我们离真相越来越近，你比过去有活力多了。”

这种活力，是晏雪明初见靳夜时她身上没有的。

那个疲惫了一天一夜、从质检室走出来的靳夜，浑身带着与年龄不相符的沉郁之感。而现在，她会生气，甚至会撒娇，会同他说话，会朝他微笑。

哪怕她朝他发怒，他也觉得她这样才是一个活生生的人。

靳夜看了看他，默默垂下了头。

事实上，她已经开始认真思考晏雪明的建议了。

晏雪明只邀请了秦孟冬，而没有邀请朱阳，这意味着在他心中，文质彬彬的秦孟冬嫌疑更大。可是秦孟冬作为一个门外汉，到底有什么底气，能够支撑他在朱阳这样精明警惕的专业人士面前动手脚呢？朱阳不会发现吗？秦孟冬是怎样骗过这样的化学专家达到自己的目的的呢？

不，幕后黑手不止秦孟冬一个人，他还有合作伙伴。

可是晏家是秋华集团的上游企业，秦孟冬有什么必要害死晏雪平呢？

靳夜闭了闭眼睛，有些头疼。

太阳穴上突然传来温热的触感，晏雪明温暖干燥的食指在她额头轻轻按着。

他依旧笑着说："动脑子的事，交给我就够了。"

靳夜从混乱的状态里清醒过来，问他："你的意思是我脑子不够用？"

晏雪明笑道："不敢，不敢，我还要仰仗老婆的智商。"

靳夜斜了他一眼，不再作声。

晏雪明识趣地动手收拾碗筷，动作娴熟。

"对了。"他一边忙碌一边随意地说，"我还邀请了程少音。"

靳夜微怔。

"我想，她会给你一个惊喜的。"

靳夜有种不好的预感。

她问："你知道了什么？"

晏雪明做了一个噤声的手势，笑着说："有些秘密，提前知道就不好玩了。你不擅长演戏，要有真实的临场反应，才能让他们不起疑。"

晏雪明这是又嫌她演技不过关了。

想到这里，靳夜便觉得好气又好笑。明明是在探查真相，他们行事却总是像两个江湖骗子一样。特别是晏雪明，看起来一本正经、纯良无害，事实上鬼话连篇、巧舌如簧。

靳夜喝了一大口水，压低声音说："那你只能事后自求多福了。"

她从晏雪明的语气中隐隐察觉到，这绝对不是一件好事。

晏雪明摸了摸鼻子，露出了委屈的表情。

当靳夜真的在那一天看到程少音款款而来时，内心的震惊不亚于一道惊雷从天而降。

程少音的面容上是她熟悉的甜美笑意。

程少音拉住她的手，朝她撒娇时，靳夜觉得自己整个人都是虚无的。

直到晏雪明过来握住了她的手，用力勾住了她的肩膀，靳夜才感觉到四肢百骸的血液重新流动起来。

她听到程少音对她说："亭亭，这是我的未婚夫，朱阳。"

这一刻，靳夜才明白，晏雪明为什么只给秦孟冬寄了邀请函，因为他分明知道，无论他邀请与否，朱阳都会出现在这里。

想到这里，她原本清晰的思路又变得模糊了。

朱阳成了程少音的未婚夫，那他就对程少音的生活行踪了如指掌，想引开靳夜简直易如反掌。

靳夜下意识地抬头看了晏雪明一眼，这个谈笑风生的年轻人脸上丝毫没有异色。

他白皙修长的手指握着红酒杯，喝了一口红酒，他才贴着靳夜的耳朵，轻声说了一句：“别怕，有我。”

“朱阳是什么时候和少音在一起的？”

在晚宴的休息室里，这是靳夜问晏雪明的第一个问题。事实上，这也是这场博弈中最关键的问题。

晏雪明没有直接回答，而是反问她：“你希望是什么时候？”

靳夜毫不犹豫地说：“爆炸发生之后。”

如果朱阳和程少音是在爆炸发生之后才在一起的，至少能说明程少音与此事无关，哪怕这只是她在自欺欺人。

晏雪明笑了一下，说：“如你所愿，但是……”他拖长了声音，意味深长地看了靳夜一眼。

他的话还没说完，可靳夜听懂了。

晏雪明的意思是，即便程少音与朱阳相识在后，程少音也撇不清自己和爆炸案的关系。她或许就像蝴蝶效应里的那只蝴蝶，不是引起龙卷风的致命因素，却是其中很关键的一环。

靳夜手撑着额头，靠在休息室的沙发上，长长地叹了一口气。

她原本不是这样多愁善感的人，如今却分明感觉到那颗曾以为是钢铁的心一次次地被敲击、撼动，露出里面的柔软血肉。

那种感觉于她而言是陌生的、害怕的。

晏雪明在她面前蹲下来，握住她的手，朝她露出熟悉的、温和的、明亮的笑容。

他说："我先出去了，你休息一会儿。"

晏雪明说完就要走。

靳夜忽然开口叫住他："晏雪明。"

他应声回首。

靳夜凝视着他，问道："你是怎么做到的？"

"什么？"

"总是这样精力充沛、游刃有余。"靳夜指了指他的脸，"脸上总是带着笑。"

晏雪明脸上的笑容一滞，顿了顿，他缓缓说："那是因为有你在。"他的目光落在靳夜的戒指上，最终又转回她脸上。

"我的太阳在这里。"他说，"前路已经这样坎坷了，我只想尽力让她看到生活中最美好的部分。"

靳夜将原本想说的话慢慢咽回喉咙，无可奈何地笑道："你总是拿这些听起来很动人的话搪塞我。"

他总是这样，用这些让人面红耳赤的情话来安抚她，让她忘记原本的阴霾。

可这些话好像真的有一种魔力，慢慢抚平了她心里无端出现的焦虑与烦躁。

直到此刻，靳夜才有了女主人的踏实感。

她甚少穿晚礼服，今夜这条黑色抹胸长裙令她浑身不自在，仿佛同这个衣香鬓影的场合格格不入。更不用说，程少音和朱阳一起出现，给她带来的打击胜似晴天霹雳。曾经，纵使晏雪明百般剖析，她内心深处依然保留着对多年挚友的深深信任。而如今，这信任已摇摇欲坠。

“我没有搪塞你，动听的语言原本便是为了疗伤而存在的。”晏雪明说，“言行举止，先言后行，语言与行为从来都是不可分割的。我们为什么能从旁人的语言中捕捉到蛛丝马迹，从而窥视到对方的情感？那是因为人们所说的每一个字、每一句话，其中都包含了情感。”

这是他对她的情感，亦是因过往而生的悲伤。这笑容既是武器，也是盔甲。

靳夜深吸一口气，说：“你听我说，我方才突然有一个想法。”

“嗯？”

“既然要扮演疯子，那总要演得逼真些。”她从沙发上站起来，理了理裙摆，一向冷冰冰的脸上露出一个淡淡的笑容，“我想带秦孟冬去一个地方。”

晏雪明天生就不是循规蹈矩的人，他歪了歪头，看向靳夜，饶有兴致地说：“很巧，我也想带秦孟冬去一个地方。”

靳夜说：“你想给他刺激，那么，只有最直观的刺激才最有效。”

晏雪明脸上的笑意加深，他说：“我有预感，我们想到的是同一件事。”

靳夜抿了抿嘴，问他：“你会怕吗？”

晏雪明说：“不会。”

靳夜看着他说：“我也不会。”

她顿了顿，又说：“心中有鬼的人才会怕。”

“我想请他见见他心里的鬼。”晏雪明做了个邀请的手势。

靳夜看向即将打开的休息室大门，恍惚间竟觉得客厅里的人影俱是牛鬼蛇神，而他们便要在这些带着假面的人中找出真正的恶鬼。

人心是什么？人心便是面临危机却更加冷静，冷静里还夹杂着一丝疯狂。

靳夜将手放在晏雪明的手心，努力像他一样营造出一个得体又虚伪的笑容，这是她能尽力做到的唯一的事。

然而，在走出大门的那一刻，她依然克制不住地为即将展开的计划感到战栗与期待。或许她骨子里一直有着冒险的基因，这紧张的气氛并未使她产生丝毫胆怯之感。

她在心里对一个早已消失的人说：

晏雪平，我要去看你了。

时隔两年，在这寂静之夜。

带着可能害死你的凶手。

晏雪明与靳夜走出休息室的时候，程少音正挽着朱阳的手同秦孟冬寒暄。

她仿佛从来不知道两人的隔阂，表现得长袖善舞，还倚着朱阳的肩膀轻笑。

从外表上看，程少音与朱阳确实十分相配。程少音的长相与靳夜不同，她的美是明艳且张扬的。当她站在朱阳身边时，那种张扬之美与朱阳极具压迫性的气场相得益彰，让他们这对情侣很容易便成了全场的焦点。

晏雪明从容不迫地走过去，举着半杯红酒，与两人轻轻碰了碰杯，笑着说："在聊什么？我刚陪太太补妆去了。"

靳夜不由自主地看向他。

晏雪明走进人群便如同一滴水融入了大海，他比朱阳更有魔力，从他走进去的那一刻开始，靳夜便觉得自己的目光只会落在他身上。这个年轻人身上具有难以忽视的活力，他似乎在山林里、湖海边经历了狂风骤雨的洗礼，出落成了一棵笔直挺立的青松。而这种鹤立鸡群的气质，便是他天生的闪光点，让人不由自主地为之瞩目。

就像……靳夜在脑海中思考，就像黑暗里投射出的一道光。

也正是这一道光，突如其来地照亮了她原本的昏暗生活，指引她前行。

此刻亦是如此。

于是，她朝着这道光缓缓走过去。

无须言语，晏雪明伸手揽住她的肩膀，含笑对秦孟冬说："秦总，晚些时候，我和太太想请您去一个地方，方便吗？"

秦孟冬从来不会在人前失了风度，愣了一下，便自然地笑着说：“这是我的荣幸。”

“我也去，我也去！”程少音叫了起来。

她像一只快活的小鸟，满眼都是闪亮的光。

可这光落在靳夜眼里，却有些刺目。

有时候，某一个场景或者某一句话，都会是人与人之间关系的转折点。譬如程少音与靳夜，在今晚之前，她们依然是可以睡同一张床、说悄悄话说到半夜的好姐妹。而现在，程少音的一切举动落在靳夜眼里都带着不同寻常的味道。

她在思念晏雪平，而程少音在欢笑。

她在筹谋小秘密，而程少音形影不离。

原本的深厚情谊，如今真的变得脆弱如塑料花，一戳就破。

靳夜的眼神倏地冷下来。

晏雪明敏感地捕捉到了她情绪的变化，不动声色地隔开程少音试图挽住靳夜的手，说：“这是我们夫妻与秦总的小秘密，不敢打扰程小姐今晚的二人世界。”

“哪有什么二人世界？”程少音嗔怪地看了朱阳一眼，随即笑盈盈地跟晏雪明说，“我和亭亭好得就像一个人。”

那你也不是她，晏雪明忍不住在心中反驳。

靳夜终于开口了：“少音，你先回去休息。”

程少音瞬间睁大了眼睛，委屈地抱怨道：“亭亭，你现在都不带我玩了……”

“这可不是什么好玩的事。”朱阳打断了未婚妻的话，如一个最佳情人般温柔地挽起她的手，轻声说，“你别去凑热闹。”

朱阳的话显然对程少音非常有用，她虽然不情愿，却还是没出声反驳，只是用那双漂亮的眼睛看着靳夜，仿佛在控诉她的背叛。

靳夜有些自嘲地想：若真的有背叛，那恐怕也是你先背叛我的。

朱阳大约是真的非常有求生欲，不等晚宴结束便携着程少音匆匆离去。离开时，他脚步踉跄，似有醉意，可无论是靳夜还是晏雪明都心知肚明，他已经敏锐地察觉到了危机，想及时逃离。

目送朱阳离开后，晏雪明才转身面向秦孟冬，带着魔鬼般的灿烂笑容说：“秦总，要耽误您一点时间了。”

秦孟冬此刻已经笑得有些僵硬了。

他主管行政人事，虽然目前还不知道晏雪明的生日，但是不可能不知道晏雪平这位上级特派调度员的履历。

晏雪明与晏雪平并非孪生兄弟，而且他们同月同日生的概率实在太低。所以，今天这个生日到底是谁的，秦孟冬已经有了些许猜测。

事实上，他从接到请柬的那一刻开始，便感觉不寒而栗。

晏雪明从来不仅仅是一只狡黠的狐狸，愤怒和仇恨并未在他身上流露出来，而是深深埋藏在他的灵魂中，化作一条沉睡的毒蛇。

他的随心所欲和不受控制令人无从防备，而且他还能让靳夜这个冷静古板的人跟着他一起发疯，那才是最可怕的。

此时，秦孟冬感觉到那种无形的压力越来越难以抵挡。

世上最可怕的东西从来不是鬼神，而是能蛊惑人心的谋划算计。

秦孟冬保持着一贯的君子风度，镇定地问："不知道两位想去哪里？"

晏雪明和靳夜对视一眼，幽幽地说："给真正该过生日的人过个生日。"

秦孟冬脸色隐隐泛白，又问："怎么过？"

晏雪明却仿佛听到了天方夜谭，奇怪地看了他一眼，说："当面过。"

在他的语气里，晏雪平仿佛还是一个活生生的人。

这一刻，秦孟冬整个人的神经都下意识地绷紧了。

"今天是我哥的生日。"晏雪明开门见山地说，"我想请秦总一同去叙叙旧。"

秦孟冬问："去哪儿？"

"我哥的房间一直保存完好，如果秦总不介意……"晏雪明神态自若地说着。

靳夜突然打断他的话，说："凤凰公墓。"

无论是秦孟冬还是晏雪明，都一瞬间怔住了。

晏雪明此时才明白，他和靳夜想的并不是同一个地方。

靳夜不鸣则已，一鸣惊人，她神情冷淡且平静，甚至还静静地看了晏雪明一眼——她从来都以为晏雪明和她想的是同一个地方。

“夜深了，去打扰逝者不太合适。”秦孟冬沉吟片刻，说，“倘若二位得空，明天可以去我办公室找我。”

“那没有意义。”靳夜说，“有些话，你在办公室永远不会说。”

秦孟冬对于去晏雪平墓前探视相当抵触，无论他是不是因为心虚，靳夜都能从他眼神里读出他对她的想法——这个人是不是疯了。

靳夜又说：“我也很想去看一看晏师兄。两年了，我都没有勇气去看一眼他的墓碑，只能劳烦老朋友陪我一起去了。”

秦孟冬盯着她的眼睛，问：“如果我说不去呢？”

靳夜看向站在她身边的晏雪明。

晏雪明目光沉静，充满包容的意味，他礼貌地笑了一下，反问：“秦总觉得呢？”

晏雪明身姿挺拔，站在秦孟冬旁边，给他带来的压迫感不比朱阳的弱，甚至更强。

秦孟冬大约觉得自己逃不过这一趟诡异的行程了，有些认命地说：“那就走吧。”

晏雪平的墓与一同遇难的八位普通工人的墓一样，被安置在凤凰公墓的右山腰上。此处群山连绵，是远近闻名的风水宝地，若是白天来，还能看到面向峡谷、背靠高峰的极其美丽的景色。

然而，人死如灯灭。

这样美丽的景色，对于安眠在这里的逝者来说，又有什么意义？

秦孟冬坐上晏雪明那辆维修完毕的阿斯顿马丁，靳夜坐在副驾驶座上，一言不发。秦孟冬过了最初惊慌失措的那段时间，现在的状态异常平静。

他还主动与晏雪明交谈：“晏董这辆车是新买的？味道还没散。”

晏雪明骨节分明的手打了一下方向盘，车子飞快地拐过了一个弯。他转得急，秦孟冬被惯性带着向前一倾。

等到秦孟冬有些狼狈地坐稳后，晏雪明才笑着说：“不巧，刚维修过，我把座椅都换了。”

秦孟冬恍然大悟：“哦，事故处理完了吗？我有熟悉的朋友在处理中心，如果有需要，我可以随时帮忙联系。”他的语气里隐约带了一丝殷勤。

有一句话叫“此地无银三百两”，秦孟冬未免太不会伪装了。

晏雪明笑了笑，说：“已经处理完了，对方技术太差，想必损失更重。”

没有得到有用的消息，才是试探者最大的损失。

这一次，靳夜听懂了晏雪明话里的机锋，直来直往的她不准备给秦孟冬面子，直接问：“秦总怎么知道是出了事故？”

秦孟冬一怔，随即神态自若地说：“抱歉，我只是随口一猜，没有冒犯的意思。”

“猜得很准。”靳夜讽刺地说。

“人之常情，小靳老师不用介怀。”

靳夜淡淡地说：“我也只是随口一问，没有冒犯的意思。”

秦孟冬被她用相同的话噎了一下，识趣地不再继续这个话题了。

靳夜很少这样主动出击试探别人，这与她平时的冷静大相径庭。而这种不同寻常，正是在向晏雪明昭示，哪怕她在人前强撑着，内心也还是紧张害怕。

趁着等红灯的间隙，晏雪明伸出手握住了靳夜放在膝盖上的手，触感有些凉。

靳夜没有挣扎，只是抿了抿干涩的嘴唇，扯了扯嘴角，露出一个不太好看的笑容。

晏雪明动了动眼睛，眼神里有一种难言的触动。

他很清楚靳夜这个不算好看的笑容是何含义，因为不久前他才亲口对她说过：“前路已经这样坎坷了，我只想尽力让她看到生活中最美好的部分。”

而这一刻，靳夜用下意识的举动向他回馈了这一份微小的心意。

哪怕只是一点小小的改变，对晏雪明来说，也弥足珍贵。

他像是在一座布满坚冰的高塔上悄悄挖开了一个口子，接下来，他可以用心里炽热的火焰去融化高塔的窗和门，然后慢慢走进去。

他的希望似乎已经出现，哪怕今夜的目的地是亡者之地，他依然感到如沐春风。

夜间的山林分外寂静，风从树枝的间隙里穿过，仿佛在窃窃私语。

晏雪明的神情很平静，夜晚在崇山峻岭间穿梭于他而言是习以为常的事。唯一能让他内心泛起波澜的，是这里埋葬着晏雪平。

他独自一人锲而不舍地追查爆炸案的这两年，来凤凰公墓的次数亦不算少，却甚少在晏雪平的墓碑前停留。

来到这里，他与靳夜一样，有种近乡情怯的感觉。

夏末的夜风里夹杂了一丝凉意，令身在墓地的人多了几分不寒而栗的滋味。

晏雪明握住了靳夜的手。

天气闷热，她的手却仍旧冰凉。

两人默契地对视一眼，不约而同地轻呼了口气。

秦孟冬说："我来这里的次数比你们多。"他甚至在夜色里笑了一下，又说，"但从未在晚上来过。"

现在游刃有余的他与先前刚得知消息时惊慌失措的他判若两人。

靳夜不得不怀疑，秦孟冬一个小时前的惊慌失措仅仅是逢场作戏。

晏雪明微微一笑，说：“但愿秦总能有宾至如归的感觉。”

秦孟冬的脸色有些不好看了。

晏雪明总能一击必中。

人们总是这样，面对他人的死亡尚且能无动于衷，可如果即将面对死神的是自己，那就没有人不会动容。

没有哪一个爱权爱财之人会不爱惜性命。

任何贪念的滋生都源于求生——想活着，想好好活着，想活在万人之上。

可是，如果为了这种贪念，令旁人不能活着，那便是不可饶恕的罪孽。

心念急转之间，靳夜已经走到了晏雪平的墓碑前。

墓碑上的照片是晏雪平在博士生毕业晚宴上拍的，他穿着一身挺拔的西服，手里抱着四四方方的毕业证书，笑起来温文尔雅，眉梢眼角都是靳夜熟悉的温和笑意。

靳夜久久地凝视着这张熟悉至极又仿佛陌生至极的面孔，一时哑口无言。

秦孟冬迈上最后一级台阶才缓缓说：“你们想要我来，我已经来了，有什么话直接说吧。”

“不急。”晏雪明蹲下身子轻轻拂开落在晏雪平墓前的松针，从刚才就提着的袋子里取出一个小盒子。

他打开盒子，放置在空地上，里面是一块蛋糕。

“我想问秦总一个问题。”晏雪明有条不紊地在蛋糕上插好蜡烛，说，“两年前，也就是爆炸案发生的三个月后，秋实的账面上有一笔一百七十多万的原材料采购费，收款人是陈建国。据我所知，这位收款人当年还未成年，那么这笔费用真正的用途是什么？”

靳夜感觉到了秦孟冬的呼吸瞬间一滞。

路途中的放松并不代表晏雪明毫无把握，恰恰相反，他是想令秦孟冬产生一种错觉——他们并无底气。

“或许是封口费？”晏雪明笑了笑，又问，“封谁的口？”

秦孟冬从一刹那的失措中清醒过来，冷静又不失风度地说：“年纪小不代表不能经商，只要他卖的原材料好，我不介意卖家是未成年人。”

晏雪明已经点亮了蜡烛，幽幽的烛火在夜风里摇摇晃晃。这一点火光照在他如画的眉目上，隐约透出凌厉之感。

“据我所知，秋实的原材料都是定点采购的。”晏雪明淡淡地说，“如果要从个体商户处购买用于化学操作的原材料，会有很大的风险。必须经过严密的审核，总部才会允许分厂从私人手中购买原材料。我想，这些审核材料档案室里应该有。”

靳夜脑中的弦猛然一绷，她不假思索地道：“这也是我们这一次需要检查的东西，我疏忽了。”

这世上从来没有毫无痕迹的账目，就连靳夜这样醉心科研、不问世事的人都知晓这个道理。

秦孟冬忽然笑了："晏董是来查我的私账的？从私人企业买原材料我当然有提成，我想爱财不是错事，只要材料没问题，这并不影响工厂发展。"

晏雪明蓦然抬起头，凝视着照片上晏雪平那张温和的笑脸，心中一瞬间涌起了难以克制的恨意。

即便一个人再坚强，只要他心中仍保留着些许柔软，精心筑起的堡垒便有可能一瞬间被击破。

而这一击，是秦孟冬的随口一言。

"君子爱财，取之有道。"晏雪明一字一顿地说，"你的爱财，却要了九条人命。"

"陈建国的叔叔名叫陈复今，如今内退在家，他历年的化疗费用全由我司承担。你知道爱财，旁人也知道。我敢请你来这里，就有送你进地狱的底气。"他笑起来仿佛是从深渊里爬出来的魔鬼，"我有段录音想请你听一听，然后……"

晏雪明"啪"的一声摁下了手里的打火机，点燃蜡烛。

他缓缓问："爆炸和焚烧的感觉，哪一个更痛一点？"

靳夜蓦然转头看他，试图从他疯狂的笑意里找出一丝玩笑或是圈套的踪影，却半点也找不到。

可她竟然不怕他这副面孔。

哪怕晏雪明在这一刻尽职地扮演着一个濒临崩溃的疯子。

因为她知道，晏雪明不会让她死。

“晏雪明，你是不是疯了？”秦孟冬忍不住向后退了一步，不再彬彬有礼，忙不迭地说，“我没有杀你哥哥，爆炸案跟我没关系。”

“那你为什么要给陈复今封口费？”

“那不是封口费！”

秦孟冬强调了一遍：“那不是封口费。”

晏雪明静静地站在那里，沉着冷静地问：“那是什么？买命钱？”

秦孟冬有些烦躁地原地踱步，又不自由自主地看了一眼晏雪平的遗照，微微提高音量说：“我说了，爆炸案跟我没关系。”

晏雪明挑了挑眉毛。

“你应该去找朱阳。”秦孟冬说，“我一个门外汉怎么可能害得了晏雪平这样的专家？”

他转头看着靳夜，问：“靳老师，你觉得可能吗？”

靳夜皱了皱眉，说：“我只相信事实。”

她从来不擅长谈判和诱导，秦孟冬无疑是不愿面对晏雪明，才想赢得她的认可。

晏雪明淡淡地说：“你说的话与废话无异，我耐心有限，只想知道两个问题。第一，钱是用来做什么的？第二，为什么会给陈复今？”

秦孟冬转身踱了几步，低头看见蛋糕上的蜡烛即将熄灭，不由得更加焦虑。

晏雪明顺着他的目光看过去，幽幽地说："老人们说，墓地上的烛火是通往阴间的照明灯，蜡烛灭了，逝去的人便听不到人世间的话语了。秦总如果有什么话，还请抓紧点说。"

"爆炸案跟我没关系。"秦孟冬紧抿着嘴唇，"我给陈复今钱是因为我想让他指证朱阳。"

"那你为什么害怕解释？"

"因为我知道他居心不良。"秦孟冬深吸了一口气，又说，"他想弄出大事情，好把我扳倒。"

晏雪明漫不经心地问："你知道他居心不良，是在爆炸发生前还是爆炸发生后？"

"是在之前。"

靳夜猛然抬头问："你竟然早就知道会发生事故？"

她的目光亮得惊人，也冷得惊人。

这一刻，靳夜才终于知道，为什么秦孟冬明明与爆炸案没有直接的关联，却自始至终不愿提及爆炸案。

他不是杀人凶手，却无疑是个帮凶。

秦孟冬从未见过靳夜如此冰冷的眼神，这与晏雪明明面上表现出来的暴戾不同，她平静面容下的暗潮才更令人动容。

没人知道靳夜在这一瞬间想到了多少过往。爆炸发生后最难熬的那段时间，她只要一想到那些无辜葬身在事故里的生命，那些家属充满憎恨的通红的眼睛，以及那一个个砸在她身上的拳头，便觉得自己心里的痛比身体上的痛要严重得多。

“那是个意外。”秦孟冬在她越来越凶狠的目光里败下阵来，声音也随之低下来，“我只知道他想弄一场小事故，让总部认为我管理不力。我没想到最后会弄成那样大的爆炸案，那是个意外。如果我知道会出人命，就不会任由他乱来。”

“那你为什么不告诉我？”靳夜往前走了一步，抬起头直视他，“你知不知道，在化工厂里，哪怕一点小误差，也有可能摧毁整个工厂。你一个非专业出身的人，凭什么认为他想制造的只是小事故？你怎么敢把工厂所有人的性命当赌注，去进行权力的博弈？他们是活生生的人，不是你们手中的棋子！”

靳夜一字一顿地说：“你没有权利，也没有资格决定他们的命运。”

秦孟冬摇头道：“我说了，我不知道……”

“无知从来不是犯错的理由，而是掩饰的借口。”晏雪明收起打火机，俯身捡起已经熄灭的蜡烛，缓缓说，“刚才的话我已经录音了，我会交给警察作为证据。”

“这个案子已经盖棺定论，没必要去推翻。而且，就算你翻了案又有什么意义？”秦孟冬说，“除非你有办法制约朱阳，让他不敢不承认。”

靳夜冷冷地看着这个初次见面时给她留下斯文印象的青年，仿佛透过那张伪善的面具看到了他内心对于权力的渴望和追逐。直到如今，他也不愿意去揭发那个爆炸案的真相，因为他怕代价是摧毁自己的前途。哪怕他明知道，只要有自己当人证，揭发案子轻而易举。

他不敢揭发朱阳，只是因为害怕牵连到自己。他甚至在事后不惜做假账收买陈复今，好让陈复今只在集团内部说出朱阳的阴谋，而没有泄露出去。

是了，整个集团内部的知情者都不会说出真相，只会将这些败类、这些阴谋掩盖在一张所谓的鉴定结果之下，自此息事宁人。

这就是人心啊，贪念和欲望才是真正的杀人凶手。

这个世界上，最恐怖的永远是人心，而不是妖魔鬼怪。

靳夜望着广阔寂静的墓地，面对着群山环抱的黑夜，忽然觉得全身的血液一并冷了下来，失望和无力感一寸寸啃噬着她原本坚如磐石的内心。

第八章　幻影

回去的路上，靳夜异常沉默。

晏雪明将秦孟冬送回家后，才从反光镜里窥探她的神情，问了她一句：“有什么想法？”

靳夜只微微侧了侧头，没说话。

晏雪明空出一只手轻轻覆在她的手上，用力握了一下。

他的手温热干燥，仿佛为她隔绝了夜风带来的凉意。

晏雪明分明感觉到，这一瞬间，靳夜的情绪松懈了一点。

“我们离事实又近了一步。”晏雪明如是说。

靳夜斜睨了他一眼，说：“可别人都觉得你是个疯子。”

深夜突然拉着别人去墓地，还掏出打火机来威胁别人，这样一种危险分子的形象，与他平时斯文无害的形象有着强烈的对比。对比越是强烈，别人就越是害怕他。

晏雪明漫不经心地说：“我不在乎别人怎么看我，只要能得到我想要的消息，只要不会对别人有害，我什么都能做。”

靳夜抽回了手，说：“我不喜欢听你这样说话。几天之前，有人还对我说，活着的人永远比死去的人重要，可是现在呢？这么快就改变想法了？”

晏雪明沉默片刻，说：“抱歉。”

此刻，靳夜紧绷了一夜的情绪才彻底松懈下来。

她不愿再与晏雪明因处事方式的不同而争执，冷静了片刻，若有所思地说：“我刚才只是在想，我们所做的事是不是徒劳无功的？”

她手里握着一根线，眼前却是一个凌乱的大线团，想要解开，何其艰难。

哪怕离真相只有一步之遥，可所有人都仿佛在掩盖什么。

让她真正感觉到悲伤的是，无论是事件参与者，还是真正的凶手，在意的都只是他们隐藏的真相是否会被发现，而从未想过要去挽回损失、澄清事实。

晏雪明握着方向盘，思索片刻才说："你知道的，爸爸并不赞同我们追查真相，当年他问了我几个问题，现在我想问一问你。"

靳夜抿了抿嘴，说："你问。"

"你准备查多久？查到什么程度？你怎么确定你查到的就是真相？如果根本没有所谓的真相呢？"

说出这些话的时候，晏雪明恍惚觉得自己回到了两年前的夏天。

刚刚得知兄长死讯的少年，难以置信，满腔怒火，一遍遍徒劳地翻找各则报道、各种照片，最终却只能颓然坐在一堆完全看不分明的材料里，哑口无言。

等他重新理好头绪，晏岭的四个问句却差点将他刚刚建立起来的心理防线击溃。

"你准备查多久？

"查到什么程度？

"你怎么确定你查到的就是真相？

“如果根本没有所谓的真相呢？”

这一刻，靳夜听到这四个问句，心神亦是一震。

晏岭对晏雪明的制止并非毫无道理，他对还活着的小儿子做出了最大的假设：如果根本没有所谓的真相呢？这样不管不顾地调查下去，岂非浪费了宝贵的青春和生命？

如果秦孟冬刚才所说的也不是真话，而只是为了拖朱阳下水胡言乱语的呢？

言语是最能迷惑人心的东西，无论在何种环境下，花言巧语都是最大的武器。

靳夜沉吟不语。

晏雪明却笑道：“你猜我是怎么回答的？”

靳夜转头看他。

此时的晏雪明已经褪去了方才的冷意，重新恢复成靳夜记忆里那个朝阳般的年轻人。

他笑起来整张脸都神采奕奕的，眼睛里仿佛藏着亮闪闪的星星。

“我说，即使没有真相，我也愿意用我毕生的时间去证明那一纸公告就是事实。”

“为什么？”

“人的一生就是在不断追索和前行，为何我追索的就不能是真相呢？难道九条人命不值得我追索吗？人活着总要做些有意义的事。我从来不认为财富、权力、地位能够决定人的一生，能够决定你的一生的，只能是你的心灵。”

晏雪平过世之前，晏雪明的志向从不在家族企业的经营上，山川大河、飞禽走兽游鱼才是他心之所向。对他来说，猫科动物雀跃的身影远比窈窕的少女要更有吸引力。

而现在，他走上了这条无比艰难的探寻真相之路，四周黑暗重重，唯一能照亮前路的火光就是靳夜了。

他从不担心前方会有多少人阻挠他，只想求一个真相。

即便他此生可能会碌碌无为，即便可能并没有什么真相。

靳夜问：“哪怕真相比善意的谎言更残酷？”

晏雪明毫不迟疑地说：“谎言再善意，那也是谎言。真相再残酷，那也是已经发生的事。”

事实之所以存在，便是因为事情已经发生，无从更改。这与它是善是恶并无干系，哪怕是恶意的，它也无法挽回了。

靳夜叹了一口气，闭着眼睛靠在座椅上。

她沉默许久，才缓缓说了一句话：“晏雪明，你真的很擅长蛊惑人心。”

车忽然停了下来。

靳夜还闭着眼睛，突然觉得有人靠近。

她忍不住睁开眼睛。

晏雪明的脸离她很近，一双眼睛格外明亮。

他是个长得极好的年轻人，即便不笑时也显得清秀干净。

此刻，他的神情格外认真，眼神格外温柔。

靳夜警惕地问："你干什么？"

晏雪明静静地看了她半晌，缓缓开口："我也在思考一个问题。"

靳夜问："什么？"

"媳妇儿。"晏雪明忽然一笑，说，"我只知道，能够被蛊惑的只有两种人。一种是包藏祸心之人，还有一种，你猜是什么？"

靳夜总觉得有种不太好的预感，但是在这样灼灼的目光下，她还是硬着头皮说："我不知道，是什么？"

晏雪明凑得更近了，靳夜甚至能清楚地看到他长长的睫毛。

他顿了一下，笑道："还有一种，是对我心怀不轨的人。"

他又不怀好意地问："你是哪一种？"

靳夜顿时睁大了眼睛。

她有些茫然，不明白刚才肃穆沉重的氛围怎么突然间消散了，取而代之的是暧昧旖旎的氛围。

"我……"她伸手推了推晏雪明，"我哪一种都不是，你好好开车。"

晏雪明挑了挑眉，笑着说："你先回答问题，我再开车。"

"你先开车。"靳夜瞪了他一眼。

"你先。"

"你先。"

双方僵持不下。

晏雪明好整以暇地看着她，不说话。

靳夜深吸一口气，败下阵来，没好气地说："我是包藏祸心之人，行了吗？"

晏雪明用手指了指自己，戏谑地问："你确定，不是心怀不轨？"

他的双手还撑在汽车座椅两侧，将她困在这一方小小的天地里。

不过，靳夜并没有觉得压抑，取而代之的是一种陌生的紧张感。

这和她面对未知的实验结果时的感受不同，让她控制不住地心跳加速。

她深深吸了口气，抬起头直视面前含笑的年轻人。

他依然是这张脸，却与初次见面时的不同。此刻，他的眼神含情脉脉，但并不会令人觉得肉麻。他这样专注地看着她，令她莫名其妙地紧张起来。

或许，从他在电梯前把她拦下，拿出那个视频开始，他们两个人的人生就连在了一起。他与她的交集，甚至比她从前与晏雪平的交集还要多。

这样近的距离，靳夜再次看到了他们兄弟最大的区别。

晏雪平的眼神永远是温和里带着疏离，而晏雪明呢？

他却是克制里带着温柔，这份体贴有时甚至会让她感觉到一丝心酸。

一念至此，她伸出手，试着捏了一下晏雪明的脸颊。

“怎么？”晏雪明问，“手感好吗？”

他很明智地选择了不再追问。

然后，靳夜却给了他答案。

她说：“假如……假如我真的对你心怀不轨了，一定第一时间告诉你。”

她突然变得有些紧张，顿了顿，又说：“我现在，好像心有余而力不足。”

晏雪明一怔。

说完这句话，靳夜便转过头去不再看他。

短暂的愣怔过后，晏雪明无法控制地低头笑起来。

他松开撑在靳夜身侧的双手，重新回到自己的座位上。

然后，他仰头靠着椅背，笑了半晌才说：“有心就好，力我来出就行。”

靳夜睨他一眼，说：“赶紧开车回家。”

晏雪明懒洋洋地道：“是，媳妇儿。”

“谁允许你叫媳妇儿了？”

“你的心允许的。”

“你……没脸没皮。”

“要脸可追不到你，那我要脸干什么？”

靳夜无言以对了。

第二天一早，两人用过早饭便从家里出发了。

他们这一次的目的地是不久前才去过的陈复今家。

进了小巷，晏雪明和靳夜一起敲开了陈复今家的大门。他没有再选择伪装，左右上一次已经撕破了面具，也不在乎将所有东西放到明面上来说。

开门的依然是陈建国。

陈建国看到一同前来的他们，不由得有些错愕。他欲言又止，最终只能冲着房间里喊了一声："又来了！"

陈建国没有指名道姓，但晏雪明知道，陈复今对他们的再次到来是有准备的。

陈复今有了准备，对他们来说便是更好的结果。

陈复今这次比上次要精神许多，甚至穿了一件簇新的白衬衫，头发也好好地打理过了。一眼看过去，他并不像一位得了绝症的病人。

晏雪明神态自若地寒暄："陈工要出门？"

陈复今看了他一眼，说："去化疗。"

"我很高兴看到陈工有这么强烈的求生欲。"晏雪明说，"精神不错。"

他语带讽刺，陈复今硬生生受了，慢条斯理地说："还要感谢晏董的钱。"

晏雪明却笑了："你知道我要的报酬不是感谢，不是吗？"

"你要的我给不了。"

“陈工都没想过我要的是什么，又怎么知道给不了呢？”晏雪明笑了笑，又说，“我今天是开车来的，方便的话可以捎陈工一程。”

晏雪明的态度实在太好，依陈复今如今的身体状况，也经不起奔波，于是他默默地同意了。

既然晏雪明还愿意出钱，那他依旧是陈家的财神。

秦孟冬只汇过一次款，他在陈复今身上得不到任何好处，自然不会继续做冤大头。

于是，陈建国对晏雪明依然很殷勤：“麻烦晏先生了。”

晏雪明不慌不忙地说：“你替你叔叔收拾一下行李。”

陈建国有些不解：“收拾行李做什么？”

“中秋了，想请你们一起去过个节。机票我已经订好了，我们去迪拜。”

陈建国半天没说出话来，许久才结结巴巴地说：“去、去迪拜？”

他不敢相信地指了指陈复今，又指了指自己：“我们？”

晏雪明实在太不按常理出牌，前一刻还剑拔弩张，后一秒就开始商量带着陈家叔侄去迪拜度假。

就连把晏雪明当作财神爷和冤大头的陈建国，此时也忍不住在心里说了一句：这人是不是有毛病？

靳夜没有说话。

晏雪明做的每一件事都有他明确的目标，不达目的绝不放手。他思维跳脱，总能想到些新法子，攻其不备。

而且，不知从什么时候起，她对他的种种计划，从最初的质疑慢慢转变成了如今的信任。她相信，只要跟随他的步伐，就可以一点一点地靠近真相。

不得不说，看着晏雪明威胁秦孟冬的时候，她心里压抑了两年的郁气一朝散尽。

现在，她这位年纪轻轻、相貌堂堂的丈夫，又用一张无害的笑脸，给面前身为关键人物的陈复今织下了一张新网。

他像是潜伏在黑夜里的豹子，行动迅猛，却又很有耐心。

晏雪明很少会表露出阴暗的一面，尤其是在靳夜面前。可从他随手就能从公文包里抽出水果刀、面不改色地胁迫陈复今这件事来说，他根本不是初次见面时那个慌乱无措的青年，而是一个极其危险也极其冷静的掌控者。

事实上，靳夜心里五味杂陈。

晏雪明是真的极聪明，如果他的聪明不仅仅用在找出爆炸案的真相上，而是将自己脱轨的生活重新引入正轨，那就更完美了。

在这样尴尬又奇怪的气氛里，陈复今问了一句：“为什么？”

晏雪明不答反问：“难道在陈工眼里，我现在做任何事都是别有用心了？我过去待你们如何，你心里不清楚吗？”

在卸下面具之前，他一直合格地扮演着一个失去兄长的弟弟，面对事故的幸存者寄托对兄长的哀思。

他对陈复今付出的每一份关心，如今回忆起来，都再真切不过了。

晏雪明又补充说："我只是想请陈工出去散散心，不会提不该提的事。不光是感情，其他的事也要心甘情愿，对吗？"

陈复今沉默半晌，说："我没什么行李，随你去哪儿。"

陈复今的态度前后反差如此之大，不得不令靳夜怀疑秦孟冬昨夜回去后是否联络了他。因为相比上一次的冷嘲热讽，今天的陈复今出奇地配合，尤其是面对晏雪明——这个不久前才拔刀威胁过他的年轻人。

他沉默且顺从地收拾了衣服，坐上了晏雪明的车，前往医院进行化疗。

靳夜从后视镜里打量他。

事实上，晏雪明说得很对，一个人倘若没有求生欲，是不可能如此受人摆布的，有求于人的人才会落于下乘。

晏雪明为陈复今提供的巨额医疗费无疑是陈家叔侄不可或缺的东西，可陈复今真的不知道陈建国长期挪用他的救命钱吗？

他想活着，甚至想让晏雪明继续当这个冤大头，可又完全不介意这笔钱被挪作他用，为什么？

除非……这笔钱的用途根本不是治病！

那么，这笔钱真正的用途会是什么？

靳夜忽然觉得，陈复今身上可挖掘的谜团或许不止一个。

她有一种预感，只要陈复今愿意开口，许多问题都能迎刃而解。

晏雪明或许正是明白了这一点，才始终对陈复今穷追不舍。

到了医院，将陈复今送进化疗室，晏雪明便头也不回地朝走廊尽头走去。

靳夜隔着防护窗看到了陈复今惨白的面色以及因为疼痛从额头上流下来的汗水，她觉得不忍直视，只得也走到走廊尽头，站到晏雪明身旁。

“你陪他来过很多次？”她问晏雪明。

晏雪明下意识地侧头看了她一眼，说：“最开始来过几次，后来就不来了。”

靳夜内心有种挥之不去的复杂感，相信晏雪明当初亦有同样的感受。

“我对凶手固然怀着仇恨，但仍不愿意看到这场面。”她说，“每当我看到凶手这样痛苦，便会想到，那些死在爆炸里的人会不会更痛苦？”

她未说出口的是，她会想……那一刻晏雪平会有多痛苦。

晏雪明蓦然转过头看她，眼神里仿佛写着“了然”二字，他自然知道她心里在想什么。

人都是感情动物，只不过，许多人会在成长中渐渐学会如何隐藏内心的真实想法。

然而，在黑白分明的学术世界中长大的靳夜，还未彻底学会这一技能。

这正是她内心的珍贵之处。

晏雪明什么都没说，只是伸出手揉了揉她的头发。

靳夜很少见到晏雪平像现在这样沉默，他是那样能言善道，甚至称得上巧言令色，无论在何种场合，无论在何人面前，都能谈笑风生。

可是，在见到陈复今——这个可能是真凶的人饱受病痛折磨时，他却无言了。

晏雪明伸手遮住靳夜的眼睛。

他如是说："你想错了，我没有同情陈复今，他也不值得同情。"顿了顿，他又强调，"他不值得被同情。"

靳夜拉下他的手，说："你的强调更像是在说服自己，而不是在说服我。"

晏雪明无声地挑了挑眉，随即又轻笑一声。

靳夜感觉他的心情突然愉快了一点，有些不明所以。

晏雪明很快就让她知道了原因。

他说："我很高兴，你越来越了解我了。"

靳夜不由得哑然，片刻后，无可奈何地说："你总是能让人在悲伤的下一秒忍不住笑起来。"

对面的年轻人笑了笑，又说："我很高兴能令我的太太这样想，因为我希望我们共度的余生都能充满欢乐。"

他笑起来目光明亮，仿佛从未被过去的阴霾笼罩。

而这，也恰恰是他最值得被珍惜的地方。

靳夜说："余生太远了，先过好当下吧。"

晏雪明却说："我的余生都在当下，都在你。"

靳夜专注地看着他，他漆黑的瞳孔里映出她一瞬间的愣怔。

第九章　飞沙

坐上飞往迪拜的航班，晏雪明心情极好。

陈复今叔侄二人被当作奢侈品一般供在了头等舱，而靳夜与晏雪明坐的则是商务舱。相较于陈建国的受宠若惊，在靳夜看来，这对叔侄对晏雪明来说恐怕更像待宰的肥羊。他们越是被礼遇，便会越惶恐。

可是，陈复今为什么要答应晏雪明来这一场明显是鸿门宴的旅行？

这是靳夜百思不得其解的地方。

人都有趋利避害的本能，陈复今叔侄起初的抗拒就能彰显这一点。

究竟是什么令他们克服了内心的抗拒，跟随可能是仇人的两个人来到异国他乡？

“你在迪拜安排了什么？”她问晏雪明。

晏雪明坦然自若地回答：“你是在问陈复今的事？如果我说什么安排都没有，你相信吗？”

“虽然觉得不太可能，但是如果你说，我就信。”

晏雪明笑出声来，说：“你脸上明显写着不信。”

靳夜耸了耸肩，问：“有那么明显吗？”

“有。”晏雪明说，“言归正传，事实上，我只安排了我们两个人的行程。”

“我们能有什么行程？”靳夜一脸茫然。

他们这趟旅行不是为了带陈复今出来套话的吗？

“我爸说，既然我们闲着也是闲着，不如出来度个蜜月。”

靳夜愣了一下，忽然想起手头的工作，说：“可是我对秋实的检查还没结束，秦孟冬的那个账……”

晏雪明笑了笑，说：“他的账我早就查完了，只是他不知道而已。他现在若是去补，到时候两相比较，才是最大的漏洞。”

靳夜由衷地佩服晏雪明的心机。螳螂捕蝉，黄雀在后，秦孟冬从来不知道，不管他掩饰还是不掩饰，他的所作所为都在晏雪明的精确计算之下。

“那你带着这两个人做什么？”

晏雪明十分认真地回答：“度假。”

靳夜饶有兴致地问：“为什么带他们来度假？”

“我是真心实意地请我最重要的证人来度假放松的。”晏雪明说，“但是既然我夫人问了，我就回答一下，等我们回程的时候，你就知道为什么了。”

“你这等于没说。”靳夜白了他一眼。

晏雪明笑着握住她的手，说：“我对你说的，都是实话。我没有安排任何阴谋诡计，就是带他们去度个假、放松一下。迪拜的野生动物资源非常丰富，很值得一去。”

话虽这么说，可靳夜依然觉得，带着这两个人去度蜜月，怎么看怎么奇怪。

晏雪明补充说：“别想了，放轻松。动保协会在这里有个观察站，这几天我们都会在那里住。你得有心理准备，虽然迪拜的基础设施世界一流，但是与动物相伴，绝对不会有多舒适。”

靳夜摊了摊手道：“事实上，我以为是来‘打仗’的，从未想过要舒适。晏雪明，你得知道，我们学化学的，不管是在工作中还是在生活里，都没有舒适这个词。唯一能让我联想到这个词的地方，唯有你的家。”

晏雪明精致到苛刻的生活习惯，真的令她大开眼界。

这次，轮到晏雪明哑然了，半晌，他才开口问：“是物质条件让你感到舒适，还是……此心安处是吾乡？”

靳夜坦然自若地说：“都有。”

她大大方方地承认了自己内心的想法，这令晏雪明感受到了一种奇妙的快乐。这一刻，他们两个人在恋爱中才算是真的势均力敌了。

他所喜欢的靳夜，也正是这样一个毫不掩饰、毫无伪装的人。

她的性格里有时甚至还会有一种弥足珍贵的天真，也正是这种天真，促使她跟随他的脚步，踏上了这一条艰难的追寻真相之路。

晏雪明的目光自她眉心游移至嘴唇，停顿片刻，复又移开。

靳夜下意识地抿了抿嘴。

她分明听到了晏雪明极轻地笑了一声。

晏雪明的安排非常缜密，一下飞机便有当地的向导前来接机。英语是富二代的另一项必备专业技能，对晏雪明来说，他不需要翻译，靳夜也一样。

相较而言，陈复今叔侄就显得有些不安了。

身处一个陌生的环境，听到的都是陌生的语言，会让人无形之中多了许多压力。

晏雪明给陈复今叔侄预订的酒店在沙漠自然保护区附近，这里临近迪拜的野生动物公园，价格昂贵，风景极好。

到了前台，晏雪明把陈复今叔侄留下，正准备离开，陈建国却叫住了他。

“晏先生……”陈建国犹犹豫豫地说，“这里我们怎么玩啊？要不您把向导留给我？”

晏雪明佯装在思考，犹豫了许久才说：“既然这样，那我就把向导留给你们。”

他彬彬有礼地笑了笑，又说：“副卡在我给你的随身包里，如果有任何消费都可以刷我的卡。毕竟这次旅行是我邀请的，我理应负全责。”

这话说得陈建国这个惯常占小便宜的人都脸红了，支支吾吾地说：“这怎么好意思呢？”

这世上竟然有这样的冤大头吗？

陈建国再蠢也知道天上不会掉馅饼，陈复今的状态已经让他有了警惕之心，跟随晏雪明来到迪拜这个纸醉金迷的世界已经足够令他迷惘了，接下来，他可不能被牵着鼻子走。

靳夜不想看到他们这副你来我去的虚伪样，拉了拉晏雪明的袖子，直截了当地说："要是真不好意思，在临行前就该拒绝到底。"

陈复今的脸色更加难看了，连带着陈建国都成了打秋风的穷亲戚。

晏雪明强忍着笑意转身。

靳夜若无其事地拉着晏雪明的袖子往前走。

晏雪明懒洋洋地任她牵着，大大方方地说："很少看到你这么不给人留面子。"

靳夜松了手，说："我给秦孟冬留过面子吗？很抱歉，我不知道面子是什么。"

晏雪明把陈复今叔侄安排在了别处居住，靳夜对此并未感到丝毫意外，仿佛她早就知道晏雪明是不愿意与他们住在同一个屋檐下的。

晏雪明侧头问她："你不问问我为什么把他们安排在别的地方住？"

靳夜老老实实地说："我也不想见到他们，不管你把他们安排去哪儿，只要对你有用就行了。"

陈复今于她而言，与一件证物并无区别。

哪怕她并不愿自己如此冷血，可面对那个爆炸案的参与者，想起那无辜的九条人命，她对陈复今就无法生出任何的同情心。

能冷眼旁观同胞赴死的人，已经不算人了，也不配被当作正常人来对待。

“你对他们的认知非常准确。”晏雪明不置可否。

靳夜白了他一眼，没说话。

回到大自然的世界，踏上这片带给他亲切感的土地，晏雪明整个人都呈现出一种放松的状态。

面对依然保持戒备状态的靳夜，他有些感慨，说：“人擅长撒谎，而动物比人诚实多了。”

他热爱自然，喜爱动物，于他而言，能够枕着“哗哗”的流水声入睡，能够走过云雾缭绕的崇山峻岭，才是他最向往的生活。

因为，面对自然，他听不到谎言，也看不到虚伪景象。

大自然若想杀死一个人，只会简单粗暴地展开行动，不会掩饰和躲藏。而它若是善待一个人，亦是格外温柔与多情。

靳夜冷不丁地问：“那你是什么？”

“我不是……”晏雪明回过神来，愣了一下，无可奈何地说，“好吧，我是。”

靳夜露出一个胜利者的笑容，说：“人类是哺乳动物，所以笼统地说，并不是所有动物都那样诚实。晏雪明，你不仅需要好好学习化学，还应该温习一下生物。我的丈夫如果是一个文盲的话，那挺丢人的。”

然而，晏雪明在这一段嘲讽中只听到了四个字——我的丈夫。这四个字让他感到整个身心都愉悦起来，一切不愉快都抛之脑后。

有时候，恋爱的魔力就在于，哪怕只是一点微小的心思，都能在内心无限放大，小小的喜悦都会变成狂欢。

晏雪明步子轻快起来，他说：“没关系，只要我是你的丈夫就可以了。”

靳夜抿嘴笑了笑，无奈地说：“那就走吧，蜜月旅行。”

迪拜地处沙漠区，而沙漠并非所有人印象中的死亡之地，相反，沙漠中的野生动物种类可达一百多。

晏雪明带着靳夜去了临近迪拜野生动物公园的一个生态研究站，这里有从世界各地前来的生态环境爱好者、动物保护爱好者，也有来自中国的工作人员。

“我们主要还是在马蒙保护区工作。”这位年轻的工作人员有着同晏雪明相似的神采奕奕的眼睛，浑身透着蓬勃的朝气。

靳夜向他伸出手，礼貌地问好：“你好，我是靳夜。”

“冯南。”对方很快自报家门，“我也是上周刚回迪拜的。”

不久前，靳夜在晏雪明口中听到过这个名字。

“那只华北豹的幼崽……有点遗憾。”她找了一个共同话题，“希望总会再有的。”

冯南一下子笑了，这笑意比之前的真诚许多。

“干我们这行的人，固然会因无法挽救一条生命感到心痛，但是对此不敢有奢求。我们只是希望凭借每个人微薄的力量，潜移默化地改善濒危物种的未来。”

在大自然面前，生命是如此弱小。而化学作为人类的一项工程，曾经对大自然造成了无法挽回的伤害，亦创造了无法估量的价值，拥有无限的潜力。

身为一个化学家，靳夜面对冯南的心情，一如她当初面对晏雪明。

她对世界抱有爱，可却未必有这样的大爱。

晏雪明将手搭在她肩上，顺着冯南的话接了下去："这次看得到瞪羚吗？"

冯南说："应该可以，不过你知道的，它们很有领土意识。"

"我知道。"

靳夜下意识地问："瞪羚是什么？"

"一种非常优雅的羚羊。"晏雪明笑了笑，"在阿拉伯其他沙漠地区已经灭绝，只有在这里才能见到。"

"'优雅'也可以用来形容动物吗？"靳夜不解。

"当然，还有'迷人'。"晏雪明又很有求生欲地加了一句，"不过在我的妻子面前，它们都要相形见绌。"

他这是在回应靳夜先前说的"我的丈夫"。

靳夜忍不住瞪了他一眼，又看了看旁观的冯南，只觉得脸有些发烫。

西方人对感情的表达都趋向于直率和坦诚，久居迪拜的冯南并未觉得晏雪明肉麻，相反，他只是对能得到晏雪明青睐的靳夜格外好奇。

冯南含笑看了看晏雪明，又看了看靳夜，对晏雪明做了个“请便”的手势。

迪拜的酒店基础设施都极好，哪怕只是踏进大厅，都会为这金碧辉煌的场景目眩神迷。而此刻，生态研究站里的景象却与酒店的完全相反。

简约的黑白二色将空间切割得恰到好处，每个房间都不大，靳夜与晏雪明有幸入住了站内唯一的一间双人房。这间双人房也最多只有正常旅馆房间二分之一的大小，厨房、浴室、书房等各种设施干净简单，却不显得陈旧。

相比陈复今叔侄居住的豪华酒店，还是这里的简洁装饰深得靳夜之心。

“明天我们去看看瞪羚，来了这里不去看一眼稀有动物，那会很遗憾。”晏雪明打开背包把行李拿出来，一一摆好衣物和洗漱用品。

他有条不紊地安排行程：“然后，我再带你去沙漠里住几天。等到最后一天的时候，我们去市中心购物，要是没有带奢侈品回去，不足以令我爸相信我们是来度蜜月的。”

靳夜愣了一下，问：“为什么？”

晏雪明耸了耸肩道：“在我爸的概念里，男人就该带女人买买买。”

“然而你刚才把卡给了两个男人。”靳夜突然有点心情复杂。

晏雪明顿时语塞，啼笑皆非地看了她一眼，挑眉道：“怎么？吃醋？那我去把卡要回来。”

他半个身体向前倾了倾，靳夜忍不住推了他一把，没好气地道：“吃哪门子的醋。”

她有些羞涩的样子可爱极了。

晏雪明转过身，伸手抬起她的下巴，低头亲了一下她柔软的嘴唇——这是他方才一直想做的事。

靳夜顿时一僵，紧张得肩膀都绷直了。

晏雪明的嘴唇离开后，至少有十秒的时间，她都是傻傻地看着他，说不出话来。

突袭的效果显然很好，不，是好到出奇。

晏雪明笑着说：“你这个表情，是在邀请我再来一次吗？”

他的脸离她很近，近到靳夜能看到他瞳孔里映出来的自己。

靳夜这才反应过来，下意识地伸手捂住嘴巴，瞪了他一眼。只是这气势委实太弱，丝毫没有威吓的力道。

晏雪明揉了揉她的头发，愉快地笑了起来。

他说：“好啦，我知道一天只能吃一次糖，我会好好珍惜的。”

“没糖了！”

靳夜没好气地再度挥开这只撩拨她心弦的手。

门外传来冯南喊他们用晚餐的声音，晏雪明起身走过去拉开门，与冯南低语了几句，然后又返回了房间。

靳夜正在翻迪拜地图，随口问：“去吃晚饭吗？”

“不去。”晏雪明说，“我请他帮忙把晚餐送到房间里来，我还有些准备工作要做。”

“什么准备工作？”

晏雪明用手指点了点自己的额头，说：“在我的脑子里。不过，如果你需要的话，我可以写在纸上给你看，看完就处理掉。”

他依然有随身携带笔记本的习惯，过去观察动物生活时需要随时用纸笔做记录，就养成了这个习惯。而现在，他携带的笔记本却基本上是空白的。

晏雪明拿出笔记本，写得飞快。靳夜看到他列出了好几条详细的计划，真是目的性极强。

可是，她并不喜欢这种“有问才有答”的模式，有些不悦地说：“你每次都把事情存在你的脑子里，我什么都看不到，像是盲人摸象。”

晏雪明饶有兴趣地问她：“那你平时重要的实验数据都是用纸和笔来记录的吗？”

“当然。”靳夜毫不迟疑地回答，“实验数据的复杂性远超想象，就算我能记住关键的几组数据，也绝不可能对每个实验的结果倒背如流。”

“我做动物观察的时候，同你是一样的。”晏雪明如是说，“但我们现在所做的事，只能存在脑子里。纸笔记录都会留下痕迹，看完之后需要销毁。唯有思想是伴随生死、只属于个人的，没有人能夺走，也没有人能窥探。”

靳夜皱眉，她并不认同晏雪明的观点。

她反驳道：“只要足够了解，就能窥探。”

晏雪明莞尔道：“那是我对你不曾设防。”他顿了一下，接着解释，“你小时候看过《哈利·波特》吗？有一种魔法叫大脑封闭术。”

“你想说你也是魔法师吗？”

晏雪明摇头说：“并不是，我只是想说，封闭内心是可以通过练习来做到的。为什么有些罪犯的证词即便用测谎仪也测不出真伪？因为，只要内心足够强大，便任何人都无法窥探。”

靳夜渐渐理解了他的意思，说：“你的意思是，我的表演还不到家？”

晏雪明轻轻握住她的手，露出一个温暖又干净的笑容，缓缓道：“这么艰难的事，我来做就可以了。我只是在向你说明，我为什么要隐瞒你。你是个不喜欢掩饰也不喜欢说谎的人，我不希望你因为这个事故变成自己不喜欢的模样。我只希望你像原来那样，坦诚地活着，做你想做的事，说你想说的话，不需要小心翼翼，不需要钩心斗角。前路满是斩棘，我自会替你踏平。”

他不是想要隐瞒，只是格外珍惜靳夜心中的天真与善良。人生的路还很长，眼前的事或许只是命运里一个微不足道的小插曲。

他的人生已然因此发生了剧烈的转折，他便不愿心爱的姑娘再受更多的磋磨。

靳夜慢慢挣开他的手，一字一顿地说：“晏雪明，你错了。这是你给予的善意，却不是我想要的。”

她与晏雪明靠得极近，清晰地看到面前这个年轻人的瞳孔猛然收缩了一下。

可他的神情没有变，他脸上依然带着温柔且干净的笑意。

在靳夜面前，他永远是微笑着的，微笑着替她安排好一切。

靳夜知道这份心意的可贵，也知道若有一句话说错便会伤了他的心。于是，作为一个向来直来直去的工科生，靳夜第一次斟酌再三才把自己的想法说出来。

“这个事故对我造成的直接影响远胜于你，我不愿明明身在局中却只当一个废人。我既然选择了与你同行，就已经抛弃了原有的原则。纯粹的善良并不能保护我和我爱的人，适当的狠心才是一个人最有利的武器。”她伸出双手捧住晏雪明的脸颊，认真地说，“我珍惜你的善意，但是你也要尊重我的决心。”

她忽然一笑，又说：“我也在努力进步，你能看到吗？”

靳夜是很少笑的，多数情况下，她那张秀丽的脸不是冷若冰霜，便是毫无表情。

而此时，她笑起来仿佛冰雪初融，令晏雪明刹那间几乎将所有不快都遗忘了。

不同于晏雪明的温情脉脉，靳夜眼神清澈，里面有一种平和且坚定的力量。她总是看上去一派平静安宁，其实内心很柔软，目标很坚定。

晏雪明微微扯了下嘴角，说：“有句话，很像我对你的期望。”

“什么？”

晏雪明慢慢念出来：“你当温柔，且有力量。”

他的声音同样温柔又有力，像是初春的风，轻轻柔柔地吹过，却能为野草带来新生的力量。

靳夜失笑道：“我从来都不温柔。”

晏雪明握住她的手，将她的手轻轻按在她心口，低声说：“不，你的温柔在心里，你的心是世界上最柔软的地方。”

靳夜一贯冷冰冰的，但她对生命的动容足以证明她的心是无比柔软的。

面对含情脉脉的晏雪明，作为工科生的靳夜脑细胞又适时地活跃起来。

她冷不丁“扑哧”一笑，说：“最柔软的地方？那你说的应该是胸，不是心脏。”

晏雪明条件反射地飞快松了手，结结巴巴道：“什、什么……”

他难得有些狼狈，耳朵都慢慢红了起来。

靳夜欣赏着他突如其来的无措样，抿了抿嘴，说：“你们学兽医的，不该有点医学的专业素养吗？怎么这么紧张？”

晏雪明反驳道：“那是面对动物。”他又想到靳夜之前说过“人是哺乳动物”，马上补充说，“是面对除了人以外的动物，除了你以外的人。”

她是他坚硬盔甲下唯一的软肋，也是风雨中他唯一可停泊的港湾。

靳夜微微低下头，伸手撩了下耳边的头发。

这个小动作自然又坦然，正如她接下来要说的话。

靳夜淡淡地说：“我发现，不管我们是什么关系，只要双方足够坦然，任何变化我都可以接受。”她眉梢眼角褪去了当初的冷淡和疏离，“就比如现在，我已经坦然地接受了自己的身份，并且正在不知不觉地融入你的世界。”

“什么身份？”

靳夜停顿了一下，说：“结婚证上的身份，你的妻子。”

听到“妻子”这个称呼，晏雪明感觉自己的心跳似乎停了一拍。

他苦笑道：“幸福来得太突然，我怀疑自己在做梦。”

靳夜说：“我只是说，接受了这个身份，其他的还没有……”

“已经够了，已经够了。”晏雪明笑着打断她的话，“你让我完全没有办法心平气和地做计划了。”

他拉开门，愉快地说：“你等着，我要出去一下，等我回来。”

靳夜还来不及阻止，晏雪明已经快步走了出去。他步伐轻快，旁人从背影都能看出他心情很好。

靳夜觉得好气又好笑，但她从来都不是习惯情绪外露的人，她只是默默地将晏雪明留下的笔记本拿起来，平心静气地看了起来。

晏雪明的字迹很漂亮，同他的人一样飘逸。他的字与晏雪平的相差很大，晏雪平讲究中规中矩，而他则随性自在。初次见到晏雪明的时候，靳夜还会习惯性地在他身上寻找晏雪平的影子，而现在，她越来越觉得，这对兄弟有着无法忽视的差别。

这世上没有另一个晏雪平，同样的，也没有另一个晏雪明。

翻着翻着，靳夜在笔记本里面发现了一枚叶脉书签，颜色黄绿，看上去已经有些时间了。

这明明只是一枚普通的书签，可不知道为什么，靳夜越看越觉得熟悉，仿佛有什么念头在脑子里一闪而过。

到底是什么呢？

靳夜聚精会神地凝视着这枚书签，抿了抿嘴，下意识地想：此时此刻，如果晏雪明在就好了。

两个小时后，晏雪明回来了。

“眼熟吗？当然眼熟。”

晏雪明用修长的手指捏住叶脉书签的长柄，微微转了一下。

“我哥的书房里有一整套，他说是从伯克利带回来的。”晏雪明问靳夜，“你见过这种树叶吗？”

靳夜迟疑了一下，说：“我……不太关注这些。”

现在想来，她仿佛从未认真观察过她的母校。

在她心目中，她引以为傲的师兄晏雪平一直是个同她一样醉心科研、沉浸在学海中的青年。

而奇妙的是，在晏雪明的记忆里，晏雪平却是个对世界抱有关注和温情的大哥。

“我哥说过，在他住的宿舍外，有一片枫叶林。清晨时分，会有小松鼠去叩他的窗，讨要吃食。他有时会给小松鼠一颗在放学路上捡的松果，有时会给几粒从国内带过去的恰恰瓜子，都很受小松鼠欢迎。”

晏雪明脸上带着笑，语气里含着些许骄傲：“我们一母同胞，对动物和大自然的爱都是一样的。”

不同的是，晏雪平没有选择人生道路的机会，而他作为不需要承担责任的弟弟，享受了二十年随心所欲的生活。

如果可以重来，如果他知道兄长的生命会终止在两年前，他宁愿与兄长交换人生。

听到这些事，靳夜的心情有些复杂，她似乎从未了解过这个曾在她心中占据重要地位的男人。

晏雪平性情温和、工作严谨，遇事向来从容不迫，靳夜最为钦佩的，是他对实验的掌控能力。他对每一个步骤、每一个工具都会精确定位，一丝不苟，每一项实验结果都像是在他意料之中。

他做实验的时候，更像是在完成一件艺术品，始终保持专注，那样的他仿佛全身都在闪闪发光。

靳夜过去所迷恋的，便是这样的晏雪平。

她跟随他的步伐，一步步从伯克利走到秋华集团，成为首席设计师。她从未想过，这座人生灯塔会突然熄灭，而她也随之跌入谷底。

靳夜的目光始终追随着晏雪明手里的叶脉书签，她缓缓问：“这是什么树的叶子？”

“水杉。”晏雪明反复看了许久，说，“水杉在美国境内很常见，易成活，生长速度快，很符合美国人的价值观。”

这样一枚叶脉书签，唯一的特别之处大约就是，这算是晏雪平的遗物。

靳夜抿嘴思索片刻，说：“不管你信不信，直觉告诉我，这不是师兄的东西。”她整理了一下思路，继续说，“你的话很有逻辑，没有不对的地方。但是，伯克利没有那样大的枫叶林。至于松鼠？我虽然没有注意过，但我知道，我们最常住的地方是实验楼，而不是宿舍。”

她仿佛在说一件不可思议的事，眉头蹙得厉害。

过了一会儿，她又说：“我总觉得，我们说的不是同一个晏师兄。”

晏雪明忍不住笑了：“难道我还有第二个哥吗？在不同的人面前展现不同的性情，这是再普通不过的事。你眼中的我和旁人眼中的我，会一样吗？”

靳夜张口想说自己不是旁人，可又怕会伤到晏雪明。

晏雪平学习生涯里至少有一大半的时间都是与她一同度过的，她与他熟得不能再熟了，两个人经常会聊一些人生观、世界观方面的事。

“我有一个猜测。”靳夜说，“你还记不记得那枚戒指的主人？”

晏雪明反应非常快，说：“你是说，这枚书签可能是我哥的心上人送给他的，他没必要对我说谎？”

他忽然倒吸一口凉气，又说：“难道我哥是求而不得？那我们得去哪里才能找到这个人？或许……人家和他只是萍水相逢，书签是随手赠他的。不对，如果只是萍水相逢、交情不深，我哥不会走到买戒指这一步。”

“我们假设一下，师兄有这样一个心上人存在。那么，她是什么时候出现的？为何我毫不知情？”靳夜沉吟道，“我并不是往自己脸上贴金，但我必须说，无论是学生时代还是工作以后，我和晏师兄的交集太多了，他根本没办法向我隐瞒这么重要的信息。我更疑惑的是，如果他表现出了恋爱中的状态，家人也应当有所察觉。”

“未必，我哥哥他……是个非常克制的人。”晏雪明说，“他若是不想让别人知道，那绝对可以做到。”

“那就只有一个可能。”

“除非……这个对象的地位很尴尬。”

地位尴尬，又能隐瞒得天衣无缝……在靳夜身边，这样的人选实在很有限。

靳夜猛然抬起头，喃喃道：“晏雪明，我突然想到了一个人。”

晏雪明挑眉道：“这么巧，我也想到了一个人。”

“你说，我也说。”靳夜努了努嘴，“我们一起说。”

两人对视片刻，异口同声地说：“程少音？”

除去一开始的震惊，现在的靳夜已经冷静下来了。

说出程少音的名字，几乎是她下意识的举动，可此刻静下心来，她却有一种陌生的感觉。

“为什么？”她问晏雪明。

晏雪明笑了笑，说：“直觉，你呢？”

靳夜慢慢吐出两个字：“直觉。”

事实上，她也没想得太明白，脑海里就自动冒出了这个名字。

靳夜始终在思考，如晏雪明所说，如果程少音在爆炸案中扮演了什么角色，那么她是因为什么被牵扯进去的？仅仅因为她与朱阳是恋人关系？不，那时候她还不认识朱阳。

两年前，作为靳夜闺密的程少音并不具备参与事故的条件，可如果加上晏雪平呢？

“我不明白。”靳夜眉头紧锁，“如果晏师兄喜欢少音，那少音没有必要明知道爆炸即将发生却瞒而不报。可直觉又告诉我，如果晏师兄有喜欢的女孩儿，很可能就是她。”

晏雪明沉吟片刻，说：“你有没有想过，有些人可能是在无意中充当了帮凶。”

靳夜感到非常意外，问他：“你的意思是，少音事实上只是被人当成了棋子？”

晏雪明先前分明是将程少音当作真凶的同伙看待，才会对她有源源不断的质疑与试探。

可此刻，他却说，程少音对此一无所知？

见靳夜如此惊讶，晏雪明长长地叹了一口气，说："我不知道，我和你一样有很多疑问，我们一个一个地说。"

说着，他拉过椅子坐下来，抽出笔记本里的白纸，开始整理思路。

"我们现在已经知道了，爆炸案是朱阳为了扳倒秦孟冬刻意制造的。但是，因为过程的不可控，酿成了大祸。那么，程少音现在作为朱阳的未婚妻，过去还很可能是我哥的心上人，她在爆炸案里究竟扮演了什么样的角色？

"按照常规思维，她很有可能是为了成全朱阳而牺牲了我哥。但是，我哥向来是个骄傲的人，不会在一厢情愿的阶段就去选购对戒。要等感情深到能谈婚论嫁的地步，他才会有这样的举动。所以，你觉得有没有可能，这是程少音的复仇呢？"

晏雪明顿了顿，继续说："但这与她其他的行为又是相悖的。如你所说，程少音并不是一个心机深沉的人，既然你们是闺密，我哥又并不喜欢你，那她为什么不对你直言事实呢？这世间最大的善意不是隐瞒，而是坦白，难道他们不准备结婚吗？你迟早有一天会知道他们的事情。我哥死后，她悲伤过、痛苦过吗？她看起来像一个痛失爱侣的人吗？这很矛盾。"

靳夜内心五味杂陈。

在晏雪明的层层剖析下，她记忆里那个活泼明媚的程少音早已面目全非。

她有点难过，甚至有些失望。

晏雪明最初提出对程少音的质疑时，她抗拒过，却也勉强接受了。在机场里拥抱她的那个女孩，看起来依然爽朗大方，和从前没什么两样。但是后来，在晚宴上，她分明感受到，当程少音挽着朱阳的手款款而来时，那双明亮眼睛里的笑意已经不一样了。

程少音不再是那个在众目睽睽之下攥住她的手奋勇狂奔的少女，亦不再是那个竭尽全力将她护在身后、对企图伤害她的人怒目而视的好朋友。两年过去了，靳夜这时才恍然发现，时光留下了一些不可磨灭的痕迹。

“我不在乎她在感情上对我隐瞒了什么，无论她和晏师兄是什么关系，无论她为什么隐瞒我，我都可以接受。”靳夜慢慢垂下头，“我只想知道，她对那天晚上会发生爆炸的事到底知不知情？她是不是故意把我叫走而把晏师兄留在那里的？”

感情是私人的事情，但如果罔顾人命成为帮凶，那就无法原谅了。

“想知道？”晏雪明把靳夜的手机从桌边推到她面前，“那就去问。”

靳夜讶然，说：“直接问？”

“直接问。”晏雪明神态自若地说，“古人说，快刀斩乱麻。我们已经揣测了她这么久，不如直接去问。”

“她会告诉我吗？”靳夜有些迟疑。

晏雪明说：“只要她愿意开口就是好事。因为，无论她告诉你的事情是否属实，只要她开口，就会有破绽。哪怕她说的是谎言，我们也能从中找到蛛丝马迹。”

靳夜脸上的神情有些黯然，她说：“可是我还没有做好心理准备。”

“相信我，她也没有。”

靳夜不解：“什么叫她也没有？”

晏雪明笑了笑，说：“你了解她，同样的，她也了解你。我想，她不认为你会单刀直入地问她。”他将手机拿起来，放在靳夜手中，“很多人会认为，越是主动就越容易暴露自己的需求，可事实恰恰相反，越是主动就越容易将事态把握在自己手里。你想好了，就直接行动，别犹豫，想问什么就问什么，最好的演技是毫不作伪。”

靳夜捏着手机，半天没说话。

晏雪明试探性地问：“或者我来？”

“不。”靳夜断然拒绝，“我来问。”

她低头凝视着手机，过了许久，终于解锁手机屏幕，拨了程少音的电话。

“亭亭？”程少音的声音听起来挺高兴的，“你在哪儿？晚上来吃饭吗？”

“不……我现在不在国内。”靳夜迟疑地说，“少音，我想问你一些问题。”

“你问。”程少音爽快地回答。

程少音落落大方的表现，令靳夜心中隐隐有些不安。坐在对面的晏雪明却依旧平静，只是对靳夜点点头，示意她继续问下去。

晏雪明手中握着一支细长的录音笔，红色的光一闪一闪。

靳夜盯着这红光，手心微微汗湿。

“你还记得……两年前爆炸发生的那天，你举办的生日宴吗？”这句话问出口，靳夜觉得自己比电话那头的程少音更紧张。

程少音微微一怔，随即回答：“当然记得。”

电话那头的声音短暂地停顿了一下，靳夜听到程少音压低声音说了句“我离开一下”，接着又听到高跟鞋“噔噔噔”的声音。

又过了一会儿，程少音才说：“亭亭，你是想起什么了吗？你尽管问，我一定知无不言、言无不尽。”

“那天你刚回国就办生日宴，是有什么特殊的用意吗？”靳夜唯恐程少音认为自己怀疑她，又补充了一句，“我的意思是，有谁知道这特殊的用意吗？”

程少音沉吟片刻才说：“亭亭，我知道你现在在怀疑朱阳，对吗？但是当时，我确实还不认识他，他也不可能知道我恰好那天会突发奇想要回国过生日，我……”

程少音的声音微微颤抖：“我很抱歉我把你提前叫走了，

让晏雪平遇到这样的事故。但是，对我来说，他死在那里，总好过你死在那里。我知道我这种想法很自私，但是你是我从小到大唯一的好朋友，我自然不希望看到你出事。我有时候真的不知道是该感谢上天对你的庇佑，还是该遗憾它对晏雪平的不公，我……”

靳夜沉默了。

程少音急切地说：“我真的不愿意看到我身边的人受到一丁点儿的伤害，当时的你是这样，现在的朱阳也是这样。”

“我并没有觉得你自私，这是人之常情。”靳夜说得有些艰难，她不知该如何应对程少音突如其来的忏悔。

晏雪明提笔写了一行字，然后将纸递到靳夜面前，纸上写着：“让她直接回答问题。”

靳夜照做，说：“少音，我们先不说这个，你回答一下我刚才的问题好吗？你为什么在那天办生日会？有什么特殊的意义？有谁知道这意义？你以前每年的生日都是在洛杉矶过的。”

程少音为靳夜的锲而不舍感到一丝意外，敏锐地问：“亭亭，你身边是不是有别人？”

“没有。”

程少音一时语塞，想了想才说：“其实我也记不太清了，我当时和妈妈因为一些事产生了分歧，就想回国散散心。反正要过生日了，就准备办个生日会和朋友聚一聚。这是我临时决定的，怎么会有别人知道？除我以外唯一这件事知道的人，只有我订的那家餐厅的服务员。”

靳夜看着晏雪明，晏雪明又在纸上写了一行字：“几号订的餐厅？”

靳夜便问：“那你是几号订的餐厅？”

程少音听到这个问题，明显愣了一下，然后才笑着说：“我的生日是六月八日，既然是临时起意，当然是当天订的。”

晏雪明又在纸上写：“你还记得那家餐厅吗？”这个问题是问的靳夜。

靳夜点点头。

她不敢长时间地沉默，怕被程少音发现端倪，于是又飞快地问：“少音，如果你知道晏师兄喜欢你，你会怎么样？”

程少音呼吸一滞，罕见地安静下去，随后淡淡地反问：“不会怎么样，因为你喜欢他。”

靳夜抿了抿嘴，又问：“我是说如果，如果你也喜欢他，你会和他在一起吗？”

“亭亭，我不喜欢这样的如果，我也没法回答这样的如果。”程少音干脆地说，“我大胆地揣测一下，你的意思是晏师兄真的喜欢我？你凭什么这么说？我想知道原因。不管是不是真的，我都不想你我之间产生任何芥蒂。所以，我要知道为什么。”

这一刻，程少音反客为主了，直接追问。

靳夜下意识地看向晏雪明。

晏雪明早已写好了问题，递到她眼前，笑而不语。

“问她戴几号的戒指，告诉她，我哥有枚戒指内圈刻着她的名字。”

半真半假，是晏雪明套话的一贯作风。

“雪明在家里找到了一枚戒指，看起来像对戒中的女戒，内圈刻了你的名字，可能是你的尺寸。”靳夜沉心静气地说了谎话，“所以，我想求一个答案。”

听到她最后一句话，程少音松了一口气。

靳夜话里的意思是，她是在为自己过去的感情求一个答案，而不是为了调查那场爆炸。对程少音来说，这比被好友怀疑更容易令人接受。

程少音几番犹豫才开口说：“他确实和我提起过，但是我没有接受。”

“可是戒指……”

不待靳夜说完，程少音就打断了她的话：“我也不明白为什么一向内敛的晏雪平会突然拿着戒指来追求我，我对你的珍视远胜过他，所以我拒绝了。”

至此，靳夜才慢慢品出几分怪异来。

事实上，程少音并不需要从接电话伊始便强调靳夜对她的重要性，是她先提到的晏雪平，甚至能说出“他死在那里，总好过你死在那里”这样的话。

靳夜扪心自问，如果她是程少音，对一个爱着自己的人，她是无法这样绝情的，更何况是为了剖白自己而主动提及。

靳夜缓缓抬头，与晏雪明静静对视。

她终于知道程少音令她感到不适的原因了，这位曾经以赤诚之心待她的好友，如今捧出的不再是那颗真心，而是一句又一句的谎话。

多年的闺密，如今只会说一句虚无又苍白的“我珍视你”。

而且，这珍视如此前后矛盾。

程少音珍视她，却在她的新婚丈夫面前屡次提及她以前的心上人。

程少音珍视她，自己却成了爆炸案嫌疑人的未婚妻，并且坦然自若地向她介绍自己的未婚夫。

程少音珍视她，却在她质问真相时说出期盼她心上人去死的残忍话语，而这个心上人，明明默默地爱着程少音。

靳夜久久无言。

这样的珍视令她感到胆寒，亦感到失望。

正如晏雪明见到程少音的第一面时说过的：“只要她真的足够关心你，就不会主动揭开你的伤疤。不管这伤疤是大是小，她都不会揭开。”

这一刻，靳夜读懂了晏雪明的眼神，里面隐约有一丝抱歉。

她垂下头，对电话那头的人一字一顿地说：“少音，我只希望你从来没有后悔。”

电话那头的人沉默了。

靳夜无奈地叹了一口气，挂断了电话。

没等晏雪明说话，靳夜就捂住了他的眼睛：“不要用同情的眼神看着我。”

“我没有。”晏雪明轻声说。

“那你的眼神是什么意思？”靳夜说。

晏雪明缓缓说：“是心疼。”

这种情绪，自两年前第一次在视频里见到狼狈的靳夜开始，就萦绕在晏雪明心间。他在爱着这个素未谋面的少女的同时，亦为她辗转反侧，夜不能寐。

靳夜的手指微微颤了颤，然后放了下来。

她不愿直视晏雪明的双眼，只是侧头轻声说：“我和你一样，有着强烈的自尊心，我不愿意被人同情，也不习惯被人心疼。你是第一个……我可以接受的人。”

听到这些话，晏雪明竟然觉得心情十分愉快，凑过去贴在她脸颊边，吐着气说：“也是最后一个。”

你只能被我心疼，也只能被我同情。

爱是我唯一的软肋，也将是你唯一的软肋。

靳夜顿时感觉胸腔内仿佛空空的，脑袋却被陌生的惊慌感填满，这种全然陌生的情绪，是她过去面对晏雪平时不曾有的。

“晏雪明。”她轻轻喊了一声，叹息般道，“人性，真是世间最复杂的东西。”

“我之前说的，并不全是正确的。”晏雪明笑了笑，说，“没有哪一种动物真正单纯，所有生灵都为了生存在进化，从而衍生出不应当有的欲望。只不过，野生动物仍然在为如何存活而挣扎，人类却因千年、万年的进化而衣食无忧。生存的战争从来都是简单粗暴的，只有当没有了生死存亡的顾虑后，才会因为贪婪而产生尔虞我诈的倾轧。”

靳夜静默不语。

晏雪明又说：“我们只说程少音，她首先是她自己，其次才是你的朋友，或是我哥的心上人。这样来看，你的疑问就迎刃而解了。爱她的人，是她闺密的心上人，这难道不是一件尴尬且为难的事情吗？可相比谈论感情归属，她却更害怕你质问她爆炸案的事，为什么？”

他此刻的笑容带着少见的冷意，仿佛凝了一层霜。

“程少音的生日是六月八日，她当时的航班是六月八日下午三点五十分到达，可是餐馆是六月五日预订的。她起初预订的是情侣包厢，六月六日上午才更改为十六个人的大包厢。我恰好是这家餐厅的高级会员，这个问题我之前就已经向餐厅问清楚了。”

晏雪明下了定论：“毫无疑问，她说谎了。所以她宁愿你问的是感情纠葛的事，而不是爆炸案的事。这只能说明，就算她不是参与者，至少也是知情人。”

靳夜的心情并不愉快，可她本来就对程少音失去了期待，亦没有最初那般震惊，此刻便只觉得索然无味。

她向来疏于人情往来，唯一珍惜的就是与程少音多年的友谊，然而如今这份情谊也渐渐变质成了虚情假意。

“事情进行到这一步，也只能说明我们的猜测是正确的。”靳夜说，“可是实质上依然没有进展。”

“她先提到了我哥，并且强调你比他重要，这就是此地无银三百两。”晏雪明一字一顿地说，“还有，她最后的沉默可以证明，她和我哥是一对恋人，我哥不是一厢情愿。”

那么，此时此刻，身在朱阳身边的程少音，到底抱有什么样的目的？

她是盟友还是敌人？

这才是最关键的问题。

迪拜的野生动物资源确实丰富。

在晏雪明的指引下，靳夜第一次看到了可以用“优雅”“迷人”这些词来形容的瞪羚。当这个濒临灭绝的物种用它细长的腿在沙漠中奔跑时，靳夜由衷地体会到了晏雪明所说的那种奇妙的共鸣。

“没有哪一种动物真正单纯，所有生灵都为了生存在进化，从而衍生出不应当有的欲望。只不过，野生动物仍然在为如何存活而挣扎，人类却在千年、万年的进化中衣食无忧。”

其实，对许多人来说，生存同样是一个难题。

人类在进化过程中获得的不仅仅是食物与财物，还有与日俱增的智慧及武力。对人类来说，摧毁他人的生命变得那样轻易，而逃脱的方式也变得那样繁多，需要付出的代价却寥寥无几。

在某种程度上说，作为一个只求生存的物种，或许能生活得更简单一些。

靳夜是这样想的，也是这样说的。

“有时候，我真羡慕它们。”她说。

“那晚上我们去沙漠里住，让你体验一下动保协会工作人员的生活。”

晏雪明背着一个极大的背包，伸出手在地图上指了个方向。

“安全吗？”靳夜狐疑地问，“有水喝吗？”

晏雪明被她问得愣了一下，随即笑着反问：“那你认为瞪羚会被渴死吗？”

靳夜大约也反应过来自己问了一个极蠢的问题，耳朵立马红了，干脆不说话了。

晏雪明说：“你放心，跟着我，安全得很。”

事实上，靳夜跟着晏雪明走，没有哪一次是真正安全的。

在国内，她坐他的车被人尾随，而在迪拜，她真正见识到了大自然的威压。

这一次，他们遇到的是——沙尘暴。

进入沙漠不久，晏雪明就发现天气有点诡谲。沙漠里的风很大，他们走过时，隐约有沙砾打在脸上，有点痛。

“这里可能有沙尘暴。”晏雪明沉吟道，“迪拜地处热带沙漠，有沙尘暴很正常，但这里的沙尘暴通常不会形成灾害。要不，我们改天再来？”

靳夜对任何可能影响生命财产安全的事情都敬而远之，而且她对夜宿沙漠也没有特别大的兴趣，当即点头同意了。

然而或许正是因为她对大自然从未怀有敬畏之心，这一次的小型沙尘暴来得格外快。

他们的车还未开出沙漠，天已然黑了。

晏雪明把车停下，打开车门，抬头望了望不远处诡谲莫测的天空和狂风，神情有几分凝重。

荒漠中经常风沙肆虐，尤其是热带沙漠。

如果天气够好，坐在这个位置，就能看到不远处的一片防沙林。一颗颗杨树的种子在这片土地上悄无声息地生根发芽，逐渐成长、壮大，像是不老不死的生命，用枝叶延续着信仰，一直向上生长。

然而此刻，这里的风声却更像呼啸而过的魔鬼。

“下车。”

晏雪明一边说，一边对靳夜做了个手势。

靳夜没有多问，动作麻利地下了车。

一下车，晏雪明就把防风衣从她头上往下套。

靳夜转过头，刚想整理防风衣的帽子，迎面就碰上一阵飞沙。

她清晰地感觉到一粒粒尘沙打在脸上，甚至连合上的眼皮也感觉到了细微的疼痛，像是长长的枝条打在身上，又像是实验室里“咕咚咕咚”冒泡的液体灼伤了手指。

靳夜心里忽然产生了一种奇妙的认同感。

这一刻，她没有恐惧之心，反而对大自然的奇观由衷地感到好奇，哪怕这奇观可能会带来致命的危机。

沙砾扑打在她身后猎猎飞扬的防风衣上，扑打在她露出的白皙手掌上，扑打在她细长的睫毛和被风吹动的刘海上。

“晏雪明。”

她忽然喊了他一声，冷不丁吃了一嘴的沙子。

晏雪明转头瞪她一眼，还是艰难地腾出一只手轻轻拍了拍她的背。

靳夜试图再说什么，晏雪明却立马用手捂住了她的嘴巴。

靳夜的眼睛一眨不眨地盯着他，晏雪明与之对视了十秒，还是败下阵来。他无可奈何地揽住她，打开车门，在呼啸的风声中，两个人万分艰难地回到车里。

“你要说什么？”晏雪明长长地喘了口气，不等她开口就指了指车顶，说，“我告诉你啊，这沙尘暴要是小型的还好，如果是大型的，这车要是被卷起来，我们都得完。你现在是用生命在说话，懂吗？”

靳夜说：“我懂。”

她有些按捺不住地拉下他比画的手，认认真真地说：“晏雪明，我懂了。”

“你懂什么了？”

“我懂你当时说的那些话的意思了。”

晏雪明微怔，问她：“我说的什么话？”

他说的什么话，能让靳夜在生死之间兴奋又执着地告诉他“她懂了”？

“要让人类社会往好的方向发展，需要一个健全稳定的生态系统作为基础。假如我们能够拥有一个完整的生态系统，有洁净的水源和纯净的空气，那不是解决问题最好的方式吗？如果没有问题，就不需要解决问题。”

靳夜说完还微微一笑。

晏雪明沉默了一会儿，不确定地问：“我这些话，字面意思应该很好懂？”

靳夜看了看他，反问：“你是不是不能理解我为什么突然说这个？”

“确实。”

晏雪明在她面前向来非常老实。

靳夜撑着车门固定好自己，抿了抿嘴，说：“你知道的，我一向不是什么情感丰沛的人。对于人类以外的其他生物，我甚至都没有博爱之心。但是就在此时此刻，我忽然觉得，人和动物并没有区别，在大自然的狂风暴雨下，任何生物都脆弱得不堪一击。”

她忽然就懂了，晏雪明那颗对生命的热爱之心是怎样来的。

除了需要共同面对晏雪平的死亡，她和晏雪明有了第二种共同的认知。对她来说，这是比生死更重要的认知。

“你什么时候……这么感性了？”晏雪明失笑。

他第一次见到她时，她在电梯里努力保持冷静，却又隐隐失控地喊着：“放开我。”

她向来孤独又冷漠，执着又理性，可是这一刻，她竟然在跟他谈“爱”。

“如果我们今天要死在这里，那么我会为没能见过更多的美好而无比悲伤。”靳夜的声音夹在呼啸的风声里，有一种微妙的平静，“我要感谢你，让我在度过了噩梦般的两年后，还能见到世界的美好。”

感谢你，让我还能对这个世界重新燃起热爱。

晏雪明干净的眼睛亮亮的，他握住她的手，在颠簸中用力将她拉到胸前，毫不犹豫地紧紧抱住了她。

靳夜被迫在他的臂弯里仰起头，下巴却恰好搭在他的肩膀上，与他无比契合。她分明感觉到，有一丝微弱却缱绻的温柔，在她的四肢百骸中流转。

在暴风之间，在车辆摇晃得如同巨浪中的船只时，晏雪明不想再去思考生与死了。某个瞬间，他甚至觉得就算死在这里也无甚遗憾。

原来临死之前的感受，是这样复杂。

虽有遗憾，却不懊恼。

虽有不甘，却不恐慌。

不知过了多久，车辆摇晃的幅度渐渐变小了。

靳夜连忙挣脱晏雪明的怀抱，惊喜地说："风小了。"

晏雪明的外套背后全是汗，湿漉漉地贴在背心上。他松开极其用力的双手，扶住车门，缓缓向着座位靠去，长长地呼出一口气。

"我刚刚，突然想到一件事。"晏雪明慢慢说。

"什么？"靳夜扭头看他。

晏雪明漂亮的丹凤眼微微眯着，黑发凌乱地贴在额头上，整个人却格外放松，在风暴过后，有种懒洋洋的感觉。

他半天没说话。

靳夜扯了一下他的衣角，他还是没动静。

靳夜又"喂"了一声。

晏雪明一动不动地躺着，嘴角微微弯起一个弧度，心安理得地受着靳夜对他的催促。

这是他的有恃无恐。

过去，晏雪明耍无赖这招从来都是对着别人使的，何曾用在靳夜身上过？

他如此明晃晃地逗弄靳夜，算得上是第一次。

靳夜只觉得好笑。

经历了一场惊险的沙尘暴之后，他似乎收起了利爪，懒洋洋地向她昭示自己十足的底气。

"晏雪明。"靳夜喊了他一声，又说，"我想知道，你跟你父亲谈判的时候，也是这样无耻吗？”

她话音未落，整个人便被晏雪明微微往下一拉。

晏雪明躺在后座上，靳夜顿时扑在他胸口。

接着，他“嘶”了一声。

靳夜的手肘正好磕在他的软肋上，他真是自作自受。

晏雪明龇牙咧嘴地道：“你觉得我和我父亲谈判，会像和我老婆谈判一样吗？我的天哪！你对我有什么误解吗？”

靳夜揪住他的衣领，强势地道：“不要转移话题，你刚才想到了什么？”

“我在想，按照通常的旅游行程，陈复今叔侄二人应当也经历了一次沙尘暴吧。”晏雪明微笑着看她，神情平静得仿佛只是在说今日天气，“我很想采访一下他此时此刻的感受。”

靳夜撑在晏雪明胸口的手微微一顿。

她问：“你不是说没有特殊安排吗？”

“不特殊，确实是正常的旅游路线。”晏雪明悠悠地说，“看起来像是老天都在帮我。”

靳夜不解：“老天帮你降一道雷劈死他？不，这场沙尘暴还不至于杀死他。”

晏雪明伸手捏了捏她的脸，愉快地说：“不需要杀死他。”

靳夜拍掉他的手，冷冷地瞪着他。

晏雪明只得举起双手，笑嘻嘻地说：“夫人，你听说过向死而生这个成语吗？”

靳夜微怔。

一个人面对死亡的时候往往会激发出更多的情绪，恐惧、遗憾、绝望、失落……最多的会是什么呢？

她讽刺地说："我只希望他不会在临死前看到冤魂索命。"

晏雪明笑了："我们要讲科学。"

"你的逻辑有问题。"靳夜如是评价。

科学是什么？人心从来不可能用科学来衡量。客观事实与主观情绪，从来都是天壤之别。

如果科学能用作报应，那真凶恐怕早就横死街头了。

"别太较真。"晏雪明又伸手捏了捏她的脸，"大科学家。"

靳夜莞尔，整个人随之松懈下来。

"那就去听听他科学的忏悔吧。"靳夜说，"确切地说，我希望我们听到的是忏悔。"

晏雪明挑了挑眉，没说话。

晏雪明不说话的时候，往往表示他和靳夜意见相悖。他甚少当面反驳靳夜的观点，这是他对她独有的温柔。

但有时候，靳夜更希望他能说出口，哪怕说一个字也好。

大多数时候，靳夜都能感觉到他与她的想法有分歧。晏雪明不认为陈复今会忏悔？为什么？他对陈复今的了解必定比自己要深得多。事实上，不单单是对陈复今，晏雪明对人心的掌控远在她之上。

他是在蜜罐里长大的富二代，兄长还在的时候，一直宠爱他，父母也从未给过他压力。这个年轻人原本该是一张白纸、一轮旭日，甚至是一汪清水。如果没有那个爆炸案，他或许一生都会在这些庇护下专心做他的动物保护事业，不可能窥见人性的黑暗。而现在，他却比谁都擅长揣摩别人的内心，尤其是内心的黑暗。

两年多的追寻恐怕不可能使人发生如此大的改变，所以，是否还发生过其他事，令他变得与过去截然不同？

当靳夜将疑惑的目光投向晏雪明时，她突然为自己此刻的想法一惊。

从什么时候开始，她对所有人都生出了怀疑之心，甚至包括晏雪明？

晏雪明在她这样的目光下抬起了头，静静地注视了她片刻，然后喊了一声："亭亭。"

靳夜"嗯"了一声。

"不管你在怀疑什么或是犹豫什么，我都能坦然接受。我一无所有，能给你的唯有一颗心，其他的，我不在意。"晏雪明深深地看向她的眼睛。

他说不在意，却恰恰很在意。

靳夜没有回避他的眼神，定定地与他对视，过了良久才说："我没有怀疑你，我只是……"

"我知道。"晏雪明打断了她的回答。

靳夜深吸一口气，接着说："我只是……"

“你不用勉强自己说出口。”晏雪明拍了拍她的肩膀，“我最珍贵的东西永远在你手里，你不用慌张。”

晏雪明这句安慰却更像落寞的自白。

靳夜愣愣地站着，手足无措，努力回忆了一遍晏雪明过往的举动，犹犹豫豫地举起了双手。

晏雪明没忍住笑了，虽然这笑容里尚且带着淡淡的忧郁。

“抱一抱。”靳夜慢吞吞地说。

晏雪明眼睛一亮。

靳夜又重复了一遍：“抱一抱。”

她像是想要安抚孩子的大姐姐，唯独缺少了面对丈夫的娇憨和羞涩。

晏雪明从来不会拂她的好意，温柔地俯下身，拥抱了一下难得主动的姑娘，又极快地放开了她。

靳夜有些错愕。

她看过的电视剧里，深爱对方的情侣拥抱时不都该非常热情且用力吗？晏雪明为什么只是轻轻地搂了她一下？

这样就好了？

可是，他看起来并没有被这个轻飘飘的拥抱安慰到啊。

共同的经历让他们都变得内心敏感、感情细腻，哪怕是一丝细微的情绪变化，都能像蝴蝶效应一样，掀起风雨波涛。

靳夜有些不知所措地望着晏雪明，眼神里不自觉地浮现出一丝难言的委屈。

晏雪明看了她许久，终是无可奈何地叹了口气，在她面前半蹲下来，握住她的手，微笑着说："回去吧，我们开车回酒店。"

靳夜抿了抿嘴，牵动嘴角笑了笑。

两人回到酒店的时候，陈复今叔侄正在大厅的沙发上端端正正地坐着。从后面看，他们的背部线条绷得极紧，整个人像极了等待向老师汇报课业的学生。

晏雪明一身运动装沾了不少尘土，灰扑扑的。他随手拨了拨头发，好整以暇地走过去，站在他们面前歪了歪头，问："两位，有事？"

他无辜的样子像极了某种猫科动物，看着眼神清澈，模样单纯，骨子里却是黑的。

陈复今见晏雪明一副狼狈却不失风度的模样，有点惊讶。不过，这惊讶稍纵即逝，他很快就恢复了平静。

他说："晏先生，我想和你谈一谈。"

晏雪明问："为什么？"

陈复今顿了顿，说："那件事，你不想知道吗？"

"哦。"晏雪明拉长了声音，居然漫不经心地笑了，"我想不想知道，你该不该说，并这两者没有直接的因果关系。"

"这并不是该说的事。"陈复今对他散漫的态度有点恼火。

"因为那场爆炸，九个人丧命，如果这还不是该说的事，那什么是该说的事？杀人的苦衷吗？还是虚伪的谎话？"

晏雪明的语气依然非常平静，暗地里却似乎有波涛涌动，无形中让他显得有些咄咄逼人。

与他争辩实在是一个错误。

陈复今登时住嘴，摆摆手说："纠缠这些东西没有意义，我们进房间谈吧。"

晏雪明微笑着说："请。"

靳夜默默地跟在他身后，瞥了一眼坐立不安的陈建国。

陈建国连忙说："我什么都不知道，我就是陪一陪、陪一陪我叔叔……"然后他也跟了进去。

靳夜踏进房间的时候，陈复今已经开始说话了。

"是朱阳。"陈复今直挺挺地杵在客厅里，说出这个名字，仿佛完成了一个大任务，大喘了一口气，歇了一下才说，"他想制造一个泄露的小事故，但是出了意外。"

"为了搞垮秦孟冬？"晏雪明反问。

陈复今说："听说总部有上市的意向，厂里要改制，一把手和二把手，以后的地位和待遇可就差得远了。"

"所以用人命填补？"

"不是。"陈复今摆手道，"想要名和利的人，哪会想杀人？朱阳不过是个色厉内荏的纸老虎，也就是让我们把阀门的开关拧松一点，让靳老师晚上巡检的时候看出来，秦孟冬就会吃个暗亏。"

"哪个阀门？"靳夜盯着他，问道，"大大小小一共四十七个阀门，你动的是哪一个？”

“第一个小的。我也不想死，不敢动别的。”

第一个阀门在大多数情况下都是起保护和防爆作用的，从理论上说，拧松第一个阀门确实不太容易引发严重的事故。难道……真的是她设计的阀门有问题，才导致发生了后续的连锁反应？

靳夜沉吟片刻，又确认了一次：“只有第一个？”

“是的，只有第一个。”陈复今异常肯定。

“怎么了？”晏雪明问她。

靳夜总觉得有一种说不上来的感觉，定定地看了陈复今几秒，又说：“你继续说。”

陈复今很识趣地没有多问，事实上这也不是他能提出质疑的场合。哪怕靳夜的反应不在他预计的范围内，但话已开头，他必须说完。

“按照朱阳的计划，我们拧松第一个阀门，然后就去叫靳老师来检查。但是，我到办公室的时候才发现值班的工程师换人了。我想着只要有人能发现问题，是谁并不重要，就还是按照原来的计划找了晏工。”陈复今说到这里，忍不住看了看面无表情的靳夜，然后才继续说，“送晏工进去之后我就出来了，其实平时工人出不出来是次要的，但那时我觉得留在那里……心虚！”

靳夜冷笑了一声。

陈复今有些不自在地搓了下手，接着说："我走出去还没多远，里面就爆炸了。但是我确定我只动了第一个阀门，所以我才会猜测是阀门出现了故障，导致了后面的连锁反应。"

"哪怕真的有故障，第一道阀门毕竟是安全锁，如果你不开第一道，就什么事都不会有。"靳夜一字一顿地说，"这是我研发的阀门，我可以为它的安全性做保。"

陈复今听到这句话却像是忽然壮了胆，反问："事故都发生了，九个人都死了，你怎么做保？"

靳夜霍然起身，厉声道："按你的意思，是我的错？是我隐瞒不报？是我开了阀门？是我杀了人？"

陈复今张了张嘴，半天也只憋出来一句："反正我只动了第一道阀门，我没杀人。"

他的理直气壮令靳夜怒极反笑。

她竭力压下自己上前与其争辩的冲动，无比痛恨语言的苍白和无力。如同两年前一样，哪怕有正式的调查报告，哪怕有一万个不在场证明，哪怕有无数权威同僚为她声援，这些于化工科学方面并无建树的人却依然对她抱有最大的怀疑和敌意。

有时候，未知并不可怕，对未知事物的恐惧和猜疑，才是许多祸事的根源。

靳夜深吸了一口气，突然感觉到一只温暖的手在她的肩膀上轻轻拍了拍。

晏雪明温和的声音自她头顶传来："有没有杀人，是由法律来审判的。”

法律存在的意义，便是惩戒罪恶，维护正义。

如果有人凌驾于法律之上轻言生死，那才是最大的耻辱和罪恶。

晏雪明朝陈复今扔过去一叠纸和一支笔，对他说：“把你说的这些事情的经过都写下来，其余的话该不该你多说，你心知肚明。”

陈复今看了他一眼，迟疑了片刻，还是拿起笔写了起来。

陈复今写完之后，晏雪明还让他签了字、摁了指纹。

然后，晏雪明泰然自若地把录音笔从衣襟里拿出来放在桌上，将录音当着陈复今的面备份到了手机里。

陈复今的脸色顿时更难看了。

晏雪明轻飘飘地说：“陈工可以回房间休息了，我买了明天早班机的机票回国。”

他这过河拆桥的手法无比自然。

陈建国犹豫地说：“那……我……”

晏雪明看了他一眼，目光中隐隐透出些许戾气。

陈建国连忙把到了嘴边的话咽下去，上前扶住陈复今，说：“那我们先回去了。”

陈复今动了动嘴唇，还是没说话，任由陈建国将他半扶半拉着出去了。

房间内重归安宁。

靳夜僵硬地坐了片刻，轻轻呼出一口气，闭上眼睛靠在沙发上。

“很失望？”晏雪明问她。

靳夜躺着没动，说：“也不算，只能说我被他化疗时的痛苦模样蒙蔽，忘了他本来是个什么样的人。”

晏雪明笑着说：“这说明你有一颗能够共情的心。”

“我从不多愁善感。”

“但这并不妨碍你有与生俱来的细腻心思，使得你会同情他人，这是金钱无法买到的珍贵品质。”

靳夜的话像是冬日里枝头的积雪，积多了就会大片大片地落下来。

晏雪明的话则像冬末春初时的风，将枝头的碎雪一并扫去，亦吹散了她眼前经年不散的迷雾。

靳夜忽然笑了：“金钱能不能买到，我不知道。我只知道，你往我脸上贴的金，都快把我整张脸盖住了。”

身侧的沙发凹陷下来，晏雪明坐在她旁边，伸手揽住她的肩膀。

他目光温柔地看着她，说：“不错呀，知道跟我开玩笑了？”

靳夜与他对视，说：“因为我发现，逃避不能解决任何问题，无用的哭泣也毫无用处。”

她曾经将自己藏在小小的化工厂里，浑浑噩噩地混日子，在不明真相的人的围追堵截下抱头痛哭，可是那有什么用呢？

她的“清者自清”在别人眼里不过是默认与妥协，对查清真相并无一丝一毫的用处，她依然被指责、被冤枉、被谩骂。

晏雪明抿了抿嘴，没再说话，只是收紧了搂住她的手。

靳夜安静地窝在他怀里，又慢慢闭上眼睛。

她仿佛是一只疲倦的鸟，此刻才寻到可以歇脚的树枝。

而这个地方，也只是狂风暴雨里稍显安全的一个角落。

“我去洗个澡。”晏雪明拍了拍她的肩膀，“我们现在都太狼狈了。”

晏雪明不提这个还好，一旦提起，靳夜就觉得自己浑身都是泥沙味。好在迪拜酒店的设施一向十分奢华，这个套房里有两个浴室，可以供两个人同时沐浴。

晏雪明洗完澡出来的时候，穿了一件黑T恤和一条牛仔热裤。他一手用浴巾擦着头发，一手拿起桌上的矿泉水喝了几口。

他此刻的样子像极了他们养的猫咪白月。

靳夜见了，顿时眼睛一亮，心情舒畅了不少。她走过去从他手里拿下浴巾，跃跃欲试地问：“要不要我给你吹头发？”

她难得有热情的时候，不过此刻看向他的眼神并不是看恋人的眼神。

晏雪明说：“不用，路上风一吹就干了。”

靳夜义正词严地说：“不行，会着凉的，还是吹一下吧。”

晏雪明想了想，欣然同意：“也可以。”

靳夜眼睛直盯着晏雪明湿漉漉的头发，心里痒痒的，很想上手摸一摸。

“你别看现在天气热，湿着头发吹了风还是会感冒的。”她一本正经地掩饰自己的“不轨”之心。

敢情她连理由都想好了？

晏雪明没再拒绝，坐在沙发上，随手翻起了杂志。

“等一等。”靳夜把他刚翻开的杂志合上，然后又说，“把眼睛闭上。”

晏雪明也不问她要做什么，顺从地把那双漂亮得如同黑葡萄的眼睛闭上了。

一股湿意扑面而来，还带着淡淡的柑橘香气，不甜不腻，还算清爽。

靳夜说：“我给你喷点保湿喷雾，虽然你长了一张好看的脸，但是也不能对它这么简单粗暴啊。”

晏雪明失笑。

刚从浴室出来的他，整个人都热腾腾的。他眼睛还闭着，嘴角却微微上扬，湿漉漉的头发还有些凌乱地堆在头上，眉毛上也还有一两颗小水珠。

靳夜定定地看了片刻，用手指抚了抚他的眉心，低头飞快地、蜻蜓点水般在他的眼睛上亲了一下。

晏雪明骤然睁开眼睛。

他凝视着面前的靳夜，眼神一如往常，明亮又温柔。

两个人半晌都没说话。

靳夜抬手举起了吹风机，面上一本正经的，极力掩饰自己方才大胆的举动。

她摁了几下开关，吹风机却没有反应。她这才意识到自己忘记插插头了，便直起身使劲去够插座。

突然，一只手伸了过来，揽住了她白皙细长的脖颈，她不得不重新把头低下去。

“怎么了……”

她话音未落，晏雪明温热的嘴唇已经贴上了她微张的嘴唇。

他身上还带着清新的柑橘香。

这种女孩特别喜爱的香味在他身上却一点也不显娘气，夹杂着他衣服上特有的杉木香，反而有一种令人沉醉的魔力。

靳夜的眼睛先是瞪得大大的，忽然又微微弯成了月牙。

同她方才偷偷做的一样，晏雪明只是轻轻碰了一下她的嘴唇就松开了手。

但是，他们靠得很近，近到能在对方的瞳孔里看到自己的倒影。

“我好像，很喜欢你了。”靳夜呢喃了一句。

这句话像羽毛一样从晏雪明心里拂过。

他握住她的手，放在自己的心口，给她的回答是：“我没有‘好像’，我就是很喜欢你。”

靳夜感受着手掌下心脏的跳动，仿佛与她胸腔里“怦怦”的心跳声合二为一。

仿佛浴火重生，靳夜累得昏昏欲睡。

晏雪明晾好衣服后，发现她已经缩在床上睡着了。

缺乏安全感的人睡眠通常很浅，晏雪明脱掉拖鞋，赤足踩在地毯上，近乎无声地走到床边。

此刻的靳夜像是被磨平了棱角，眼睛安静地闭着，眉毛微微向下垂着，显得格外温顺。

晏雪明半蹲下身，静静凝视着这张秀丽的脸，凝视着她眼角那颗泪痣。

这一刻，他才隐约露出一丝疲态。

在靳夜面前，他像是无坚不摧的冰霜利刃，可他的心却从来不是冷的。自爆炸案发生后，他仿佛坐上了一条独木舟，四面都是大大小小的礁石，无人经过，亦无人驻足，他随时会触礁。

可这是他自己选择的道路，即便再崎岖难行，他也必须一往无前。

他的目光落在靳夜身上，无比温柔。

靳夜的齐肩长发散落在洁白的枕头上，他低头轻轻吻了吻她的头发，在她身侧躺下。

回国的时候，陈复今叔侄照旧被晏雪明客客气气地安排在头等舱。

靳夜看着他们登机时的表情，觉得他们颇有一种上断头台前吃顿好饭的感觉。

飞机落地，靳夜走出安检口的时候，才重新拥有了真实感。

一个穿着警服的人突然朝他们走过来，说："靳小姐，有人实名举报您研发的新型阀门存在技术性故障，两年前秋实化工厂的爆炸案将重新展开调查，希望您能配合警方的工作。"

晏雪明和靳夜好像突然进入了梦境，而且是个噩梦。

不过，靳夜关注的重点却是——爆炸案真的要重新调查了。

她问："重新调查两年前的爆炸案？"

她与晏雪明对视一眼，看到晏雪明眼神中的诧异，才知道这个环节并非是他计划的。

晏雪明揽住靳夜的肩膀，扫了一眼警察衣服上的警徽，客客气气地问："请问你们需要我太太配合哪些工作？"他笑了笑，又说，"不会在机场就要配合做什么吧？我记得这是犯罪嫌疑人的待遇，我太太现在涉嫌哪些罪行？"

对方是个年纪不大的女警，她低头翻了翻档案，然后严肃地回答："来机场告知当事人是为了提醒当事人做好准备，不要再度出境，造成一些不必要的误解。第一次调查询问时间为明天上午九点，请靳小姐准时参加。"

女警递给靳夜一张传唤单，又说："具体时间和地点在这里，传唤单上有公安局的印章，您可以放心，我不是假冒的。"

晏雪明笑着说："可以啊，脾气不小。"

靳夜拿手肘顶了他一下。

年轻的女警严肃地看了晏雪明一眼，然后转身走了。

靳夜若有所思地说："你注意到了吗？她说的是实名举报。"

"实名。"晏雪明笑了笑，"这个举报人不怎么聪明。"

"我倒认为这个人并不蠢，实名举报足以证明对方有底气。"靳夜有点疑惑，"可到底是什么样的底气能让这人实名举报我呢？"

她研发的阀门绝对没有问题，无论是她的模拟实验还是实际操作，无论是事前还是事后的多次检测，都能证明那场爆炸与她设计的阀门无关，唯一的可能是人为破坏。

而且，陈复今的证词也证明了这一点。

到底是什么事情促使了黑暗里的那个人有如此足的底气，敢实名举报将靳夜拖下水？

片刻后，晏雪明从手机屏幕前抬起头，说："程少音。"

沉浸在思绪里的靳夜还有点蒙，问："什么？"

"是程少音实名举报的。"

晏雪明让司机将陈复今叔侄先送回去，然后才和靳夜细说。

"她拿着你的实验报告和事故报告比对过了，算是有了实际证据，但证据是否确凿还需要专业机构鉴定。"

"程少音？"靳夜有些机械地重复了一遍。

"是，程少音。"

她抿着嘴不说话了。

"亭亭。"

晏雪明将手覆在她头顶。

“本就不在一条道上的人，就算途中会与你同行一段路，可是你们总会有分道扬镳的一天。”他的声音极其温柔，“无论是朋友还是其他人，你可以记住和他们度过的美好时光，但是不要让那些东西成为你的包袱，要勇敢地去面对现实。”

分分合合，有聚有散，才是精彩绝伦的人生。

“我……”靳夜想说的话开了个头，又觉得说不下去。

她曾经很害怕失去程少音这个挚友，可这一刻，晏雪明试图安慰她时，她却觉得她已经不需要安慰了。

当不舍、心痛和失望累积到一定的程度时，最后一根压垮感情的稻草是什么已经无足轻重了。

她轻轻拉下晏雪明的手，慢慢握住，说：“事实上，我已经习惯了和别人分道扬镳，只是因为对象是十年的挚友，所以我还是会难过。虽然难过，但有一件事也因此变得更清晰了。关于晏师兄的死，她一定是个知情者。她连爱人都可以毫不留情地推进地狱，又何况是我呢？”

人啊，有时候比魔鬼更恶毒。

这时候的靳夜，尽管心里很失望，头脑却异常清醒。没有什么比程少音突如其来的背叛更能让她保持冷静和理智，她对这位挚友最后的信任和不舍都一点一点地消散了。

拨开迷惑人心的谎言，她更接近现实了。

“我们不会分道扬镳，除非死亡将我们分隔。”晏雪明微笑着说，“回家吧，我想我们现在有了新的目标。”

靳夜有些急切地说：“不，我现在就去公安局，我要看一看她举报我的证据是什么，我要和她当面对质。”

“这不是好时机，但……你若想去，就去吧。”晏雪明沉吟片刻，又问，“你记得你设计的阀门的所有细节吗？”

提到自己的科研成果，靳夜微微抬起头，冷静又有些骄傲地说：“它们一直在我的脑海里，我一刻也不会忘。”

晏雪明莞尔，于困境中不失傲气，这才是他少年时代便喜爱的姑娘。

她从不软弱，也不惧欺骗，面对再多打击都能重拾勇气。

她正像戒指上火红的不死鸟。

夫妻二人进行了简单的商讨后，决定分头行事。

靳夜去公安局和程少音对质，晏雪明则回家再翻一遍晏雪平的书房，查看是否有遗漏的资料。

靳夜惯来独立，从不依赖晏雪明，此刻这种并肩作战的感觉却令她极其安心。

“我很担心你，但你说得对，如果我过于担心你，我的担心反而会变成枷锁困住你。”晏雪明说。

靳夜称赞他：“明智的选择。”

晏雪明耸了耸肩。

他脑中灵光一闪，又说：“毕竟，面对爱情这种东西，女人会变得充满勇气，男人却会变得怯懦不安。我很高兴你变得如此勇敢。”

“谢谢你。”

靳夜听出了他话里的圈套。

她从未对他说过“喜欢”和“爱”，但在迪拜的荒漠里，她的心意早已一览无余。

晏雪明话里话外的圈套，都是为了让她坦诚一星半点的爱。

他实在太害怕失去了。

“嗯？”晏雪明猝不及防，被她的坦诚惊到了，微微睁大了眼睛。

靳夜低头笑了一下，把未尽的话说完：“我说，谢谢你给我爱情，让我变得充满勇气。”

她发自内心地说：“谢谢你爱我。”

谢谢你选择了追寻真相，也谢谢你一直抓着我的手，将我拖出迷雾。

晏雪明从善如流地接着她的话往下说：“谢谢你给我机会，让我爱你。”

谢谢你用一点一滴的温柔呵护组成我生命里的温暖，用这些温暖带我远离阴霾。

此刻，晏雪明觉得他一向流动缓慢的血液突然加速了，他连忙伸手按了按眉心，喝了几口冷水，然后才控制自己转身离开。

这段简短的对话令晏雪明感受到了从未有过的快乐，直到回到那个并不舒适的家，他脸上还带着淡淡的笑容。

家猫黑蛋又将他的拖鞋叼进了自己的窝。晏雪明只好蹲下来，从碎花布做的猫窝里将他的拖鞋拿出来。

黑蛋是个小姑娘，爱干净，也爱囤货。

他伸手摸了摸黑蛋，刚要逗它，忽地听到了说话声。

“雪平呢……雪平呢……去哪儿了……”

晏雪明方才的快乐荡然无存。

他的母亲，晏夫人，卿恒，又发病了。

自晏雪平死后，晏夫人的精神状态始终难以稳定。

晏雪明理解母亲的丧子之痛，兄长刚去世的那段时间，他每日从学校回来，总是寸步不离地守着母亲，假扮兄长的角色。可他万万没有想到，有一日，母亲居然直勾勾地盯着他，一字一顿地说：“为什么不是你死了，你哥活着？”

那一刻，他愣愣地盯着曾经疼爱自己的母亲，忘记了言语。

他始终觉得，母亲有时候并没有疯，她那一瞬间的眼神清醒又凉薄，像是打着装疯卖傻的借口吐露了真心。

晏雪平的光芒太盛，而他却是顽劣调皮的。于是，生他养他的母亲觉得他活着不如兄长活着，希望他替兄长去死。

这种认知如同一柄利剑，直接刺穿了他的心脏。

晏雪明深深地吐出一口气，走到晏雪平的房间门口。

门没有关，整个屋子里只有些许细碎的话语。

晏夫人又说话了。

她说："雪平的日记本去哪儿了？我要藏好，要藏好，不能被他们发现。我要藏好……要藏好……"

晏雪明陡然推开门，快步走进去，扶起在地上翻找的晏夫人。

"妈，我哥有日记本？什么日记本？"

晏夫人看了他一眼，紧紧闭上嘴不说话了。

直觉告诉晏雪明，他母亲口中的"日记本"一定是非常重要的证据，甚至很可能记载着与程少音有关的真相。

"我的日记本在哪里？"晏雪明盯着母亲的眼睛，缓缓放轻了语气。

他的神情变了，一瞬间温和下来。他露出一个标准的微笑，温柔地诱哄道："妈，你帮我把日记本收到哪儿去了？"

晏夫人脸上的表情有些僵硬。

晏雪明极有耐心地扶着她，静静地等她回答。

晏夫人目光游移，还是不说话。

晏雪明低下头，慢慢说："那么，妈妈，你先出去一会儿，好吗？我有些累了，想在房间里休息一下。"

这一次，晏夫人动了，讷讷地说了一个"好"字，就着晏雪明的手站起来，姿态优雅地走出了房间。

晏雪明看着母亲越来越远的身影，看着她刻进骨子里的仪态，静默良久，轻轻关上了房门，又快速反锁。

晏雪平房间里的摆设在他死后并没有过多的变化，晏夫人总爱一个人待在这里，而晏岭与晏雪明却甚少涉足这里。

晏雪明记得，在晏雪平出事的第二天，就有警方前来这个房间搜证，结果除了证明这是晏雪平的一个居住地之外，连一丝一毫与工作相关的东西都找不到。

直到此刻，晏雪明才隐约感觉到有什么地方不对劲。

晏雪平的房间太干净了，仿佛被人刻意清理过。

是的，是被人刻意清理过了。

时隔两年，晏雪明再次站在这里的时候，这种感觉尤为强烈。

母亲为什么要把晏雪平的日记本藏好？

如果日记本里的内容涉及爆炸案的真相，母亲难道不应该把它交给警察吗？她不希望将杀害儿子的凶手公之于众吗？

她为什么那样憎恨同为受害者的靳夜，反而为真正的凶手遮掩？

晏雪明的神色陡然冷下来。

他忽然觉得四肢百骸如同被灌入了冰水。

有个答案在他脑海里呼之欲出。

静立片刻后，他突然走向书桌，从头开始翻找。

最危险的地方就是最安全的地方，晏夫人一定是将日记本重新藏回了晏雪平的房间，却又因为疯癫而遗忘了具体的存放位置。

不管她是真疯还是假疯，在晏雪平死后的很长一段时间里，她一定是清醒的。

然而，她一直在装疯卖傻，在掩饰某些事。

这个世界上值得她付出如此多的心血百般掩饰的真相究竟是什么？

晏雪明不敢想。

靳夜回到家时，天已经全黑了。

晏雪明并不在家中。

靳夜打开灯，看了看冷清安静的客厅，犹豫片刻，又出了门。

靳夜到了晏家，给她开门的是晏岭。

见到靳夜，晏岭脸上的神情有些复杂。他看着靳夜换拖鞋，斟酌着说："小夜，你来得巧，我原本也想找你。"

靳夜瞬间想到了什么，问道："晏雪明怎么了？"

"他一直待在雪平的房间里没出来。"晏岭说，"我们聊了几句，父子之间的话我就不说了，但是他……我觉得他应该很需要你。"

"谢谢爸提醒。"

靳夜快步走到了晏雪平的房间外，举起手要敲门，又顿住了。她犹豫片刻，还是轻轻叩了两下房门。

如她所料，里面毫无动静。

如果这样有回应，晏岭也不会求助于她了。

"开门，是我。"

靳夜说完就听到了门后“咔嚓”一声响，接着，门开了。

此刻，这扇门仿佛是晏雪明的心门，他最柔软的部分，只会对她敞开。

靳夜走进去关好门，又摸索着开了灯，房间里无尽的黑暗才消散。

晏雪明靠坐在晏雪平的床上，手里拿着一个摊开的本子，双腿搭在床沿上，看起来像是午后小憩刚醒来的模样。

然而，这不过是暴风雨来临之前的平静。

在靳夜问他之前，他先开口了：“去公安局询问的情况怎么样？”

靳夜双手环胸站着，眉头微微皱起，用两个字形容了这次询问：“荒谬。”

是的，在她看来，公安局的询问格外荒谬。

程少音提供的证据不过是她设计阀门的初稿，有漏洞是很正常的，只要她拿出所有底稿，所有问题便迎刃而解。

她本以为程少音是真的有些底气，没想到问题解决的过程简单到不可思议。

靳夜甚至觉得：就这样？程少音的实名举报有什么意义？

晏雪明却说：“有意义。”

“什么意义？”靳夜不解。

“重新调查，意义不大吗？”

“我们之前也可以通过这个方法来重新调查，可是，如果没有足够的证据，重来一万次都是徒劳。”

“狼来了”这种故事连三岁小孩都懂，程少音会不懂吗？如果这种无理取闹的报案多来几次，那这件事所代表的意义就会被逐渐模糊和弱化，最后成为一场闹剧。

晏雪明之所以按捺至今，也是一样的道理。

一击即中，才是最重要的。

“没有哪个豪门大小姐会是天真无邪的。”晏雪明如是说，“我想，她不是在针对你，而是在针对晏家。”

“为什么？”靳夜很是疑惑。

程少音的家族企业与化工毫不相关，甚至商业利益方面的冲突也没有，她为什么要针对晏家？

“她应该，很恨我哥吧。”

晏雪明从床上起身，静静地看着靳夜，把手里的日记本递给她。

靳夜直觉这个本子就是晏雪明把自己关在房间里的原因，突然生出了一丝胆怯，不愿伸手去接。

她心里是胆怯的，手上的动作却比思绪更快，最终还是接过了本子。

晏雪明已经翻好了页，靳夜低头第一眼看过去就看到了自己的名字。

看了两三行文字，她便看到了晏雪平与程少音恋爱里的点滴心声。

那个文质彬彬的师兄，也有这样长情且温柔的一面啊。

晏雪平用深蓝色墨水写着一手漂亮的钢笔字。他的确是满腔柔情的，亦在犹豫、挣扎是否要令靳夜这个爱慕自己多年的学妹知晓。

“程少音确实是晏师兄的……”靳夜正欲分析事实，声音却戛然而止。

良久，她的手剧烈地颤抖起来。

她僵硬地抬起头，与晏雪明对视，看到了对方眼睛里一瞬间的崩溃。

有人对所爱之人情意绵绵，却不妨碍他心中同时有刺骨的利刃。

晏雪明想让她看到的重点并不是晏雪平的温柔细语，而是这一把用字句凝成的无形的尖刀。那一瞬间，她的心脏被这把刀狠狠地刺中。

过去的一个个片段像是胶片电影，在她脑海里一帧一帧地闪过，最终抓住她每一个痛点，将痛楚传向四肢百骸。

在晏雪平的这本日记面前，沉重的九条人命，噩梦般的两年时光，仿佛都是笑话。

靳夜不愿相信，不敢相信，却不得不相信。

她自虐般反反复复地看着每一个字、每一句话，心中充满了无所适从的愤怒和无能为力的疲倦。

一种近乎绝望的悲哀从她毫无血色的脸颊上呈现出来，她脑海里无限放大着日记本里的最后一句话：“她如此爱我，就此跟我一同赴死再好不过了。”

这是靳夜活到现在听过的最无情的情话，也是最令人毛骨悚然的爱语。

而在这句话之前，是整整一页的自杀方案，方方面面，计划缜密。

靳夜张了张嘴，却一个字都说不出来。

此时此刻，两个人静静地站在晏雪平的房间里，感受着这个房间里残存的属于那个人的气息，竟有一种恍如隔世的感觉。

“明天，我会把日记本交到公安局去。”晏雪明低头凝视着她，“这是属于其他八个人的迟到的公平，也是属于你的。”

这本日记，将引起一场轩然大波。

靳夜可以想象，晏雪明将自己关在房间里这么久，最终做出这个决定，过程有多么艰难。

只要他把这本日记毁了，对此闭口不言，这件事的真相便会就此尘封，谁也不知道究竟发生了什么。

可他没有。

他的声音淡淡的，仿佛飘在风里，一吹就散。

他神情平静，仿佛在陈述一件与自己毫不相干的事。

可靳夜却觉得，他此刻一定非常难过。

她握住他的手，只觉得他连手指尖都是冰冷的，指关节因为太过用力而有些发白。

她有千言万语想要说，可此时此刻，笨嘴拙舌的她什么话也说不出口。

“亭亭。”晏雪明喊了她一声，无比平静地说，“我们离婚吧。”

靳夜猛然抬头，整个人登时僵住。

她呆呆地看着面前的这张脸，觉得一股热气涌到了嗓子口，让她一瞬间失声，无法开口去询问原因。

第十章　百转

“为什么要离婚？”

宋晓雯一边问，一边小心翼翼地在靳夜面前坐下，将一杯温热的奶茶推到她手边。

靳夜淡淡地说：“我不知道。”她的声音仿佛在冰水中浸过。

事态急转直下。

当晏雪明一脸淡漠地说出那句话的时候，靳夜一瞬间怀疑自己听错了。

几个小时前还温声细语地同她说“谢谢你给我机会爱你”的人，突然就对她提出了离婚。

仅仅是因为晏雪平才是这场事故的始作俑者吗？

当靳夜追问的时候，晏雪明避而不谈，只是说：“早点回去休息吧。”

“你认为我有可能好好休息吗？”靳夜反问。

白色的灯光下，晏雪明的脸色显得有些煞白，可他的神情依然是平静的，带着淡淡的忧郁。

今晚的这一发现，对于他们两个人来说，都是致命的打击。

双方僵持了一会儿，还是晏雪明先败下阵来。

他深吸一口气，说：“回家吧。”

然后，他打开门往外走了。

说到这里，靳夜垂下眼帘，遮住了眼睛里所有的情绪。

宋晓雯急切地道：“哪有人无缘无故要离婚的？小夜姐，你再回忆一下，你有没有忽略什么细节？”

靳夜长长地呼出一口气，仿佛将心头的重压一并吐了出去。

她说："我现在没法思考。"

晏雪明像是一台构造精良的机器，在一夜的休整之后，很快就开始正常运作。晏雪平的日记、陈复今的陈词，以及他近年来搜集到的林林总总的证据，都被他第一时间送到了公安局。

仿佛有人在背后催促他。

是的，见识到晏雪明如此快速的行动，靳夜分明感受到了一种微妙的急迫感。

她忽然觉得格外疲惫。这原本就不是她的错，也不是晏雪明的错，可为什么所有的后果都要他们来承担？为什么这样的结局要他们来面对？

"他妈妈真的疯了？"宋晓雯问。

"看着像，也有病情鉴定报告。"

"然后晏雪明就去替死了的哥哥自首了？"宋晓雯感慨了一声，"那还好他妈妈疯了，不然这得是多大的刺激啊。她替她的大儿子瞒了这么多年，却因小儿子的追查而功亏一篑。"

真相大白，靳夜原本该觉得轻松，可不知怎的，她感觉自己心里很是压抑。

她说话都不知不觉间带了一丝浮躁。

靳夜靠着椅背，很机械地回答："如果晏雪明选择隐瞒，从感情上我也能理解。但是，他现在的选择更让我敬服。"

宋晓雯摇摇头，说："情人眼里出西施，要离婚了，你反而看他顺眼了。”

靳夜看她一眼，没力气反驳。

靳夜把宋晓雯叫出来，不仅是因为她是自己比较交心的朋友，还因为她能说。有人在自己耳边嘟囔，也能分散一下自己的注意力。

事实上，爆炸案追查到这一步，已经同她没有干系了。

她只是其中一个幸免于难的小配角，平白背负了骂名，如今终于沉冤昭雪，她再也不需要做什么了。

对陈复今、朱阳、秦孟冬这些人来说，如今这个结局是他们不愿意看到的。但是，尘埃落定，他们该付出的代价、该受到的惩罚，都将一一兑现。

然而，对晏雪明来说，这个案子似乎远远没有结束。

“你再去找晏雪明谈谈吧。”宋晓雯最终给出了一个不算建议的建议，“我们在这里聊再多也没用，毕竟我不是晏雪明，不知道他是怎么想的。”

靳夜苦笑了一下。

两个月前，她万万想不到自己会变成这般模样，再三为晏雪明牵动心神。

在晏雪明不求回应的追求下，她先是犹豫，然后心生感动，不知不觉间，一颗心竟已完全被他侵蚀。

靳夜想，晏雪明应当很痛苦。

过去，她是个甚少被别人感动的人，亦没有一颗敏感细腻的心。唯一能牵动她心神的，大概是实验数据的正确与否。

可后来，晏雪明成了那个例外。

那个雨夜，他骤然走进她的生命里，用一种近乎无赖的方式死缠烂打地融入了她的生活。

而现在，他又要将自己从她身边剥离。

有时候，人与人就像一座座冰川，也许上一秒还紧紧挨在一起，下一秒却融化成水，不知流往何方去了。但是，人可以说来就来、说走就走，感情怎么可能说有就有、说剥离就剥离呢？

靳夜拿起手机，犹豫再三，还是给晏雪明发了一条微信："我想和你谈谈。"

这条消息才发送出去，她的手机很快就收到了一条新消息："我想和你谈谈。"

发信人是程少音。

在这样的情况下，靳夜竟然忍不住笑了，只是这笑意有些苦涩。

她想要找晏雪明，程少音却要找她。加上死去的晏雪平，他们四个人仿佛连接成了一个荒诞的怪圈。

正如晏雪明所说的那样，逃避从来不能解决任何问题。

什么是真实，什么是虚伪，必须亲眼去见见、亲耳去听听，才能一一辨明。

所以，靳夜心中有了一个方向。

发给晏雪明的消息如同石沉大海，半天没有回应。

靳夜僵硬地动了动手指，给程少音回复了一个“好”字。

她把手机放进口袋里，慢慢挺直背。

晏雪明已经为了这些旧事经受了太多无妄之灾，这一次，该轮到她保护他了。

靳夜与程少音约定的见面地点是她和晏雪明的家。

见识过了晏雪平的表里不一，她不敢再对程少音放松警惕。在明确告知保安、监控中心有客人来家里后，她还打开了室内监控和录音器。

晏雪明依旧没有回复她的信息，也没有回家。

靳夜给他发了第二条消息：“我约了程少音来家里谈谈。”

如果晏雪明还在意她的安危，就一定会回来。

靳夜坐在桌前，有些走神。

她该问程少音什么？程少音又想告诉她什么？

晏雪明到底出了什么问题？为什么将证据提交给公安局后不第一时间找她？

程少音是不是被冤枉的？

靳夜捏了捏眉心。

这些问题，她都问不出口。

在她犹豫的时候，门铃突然响了。

程少音比约定的时间提前了几分钟到达。她妆容精致，头发刻意做了造型，身上穿着一件极衬肤色的酒红色连衣裙，称得上光鲜亮丽。

她站在门口，从容不迫地说："好久不见，亭亭。"

看着面前容貌艳丽的女子，靳夜目光沉沉，嘴唇紧紧抿成一条直线。

程少音换好拖鞋，在客厅里坐下，反客为主地给自己倒了杯水，微笑着问她："你没有什么问题想问我吗？"

靳夜在她对面镇定地坐着，淡淡地说："我要问的，在电话里已经问了。"

程少音说："那么，现在我来重新回答你的问题。"

靳夜打断了她的话，径直问："晏师兄和你是什么关系？"

"我们在伯克利相恋，约定好等我毕业后就结婚。"程少音抿了抿嘴，又解释，"我不知道该如何向你解释，或许是虚荣心作祟，或许是有危机感，我还是想告诉你，和雪平恋爱的那几年，是我非常快乐的时光。"

靳夜从小就是天才，而程少音却是个华丽的草包，连出国留学的资格也是花钱买的。晏雪平的出现，无疑是填补程少音妒忌之心的一块砖石。他的存在对程少音来说太有利了，还有什么比靳夜求而不得的人爱上她更能满足她虚荣心的事吗？这种隐秘的、矛盾的情愫，让程少音在晏雪平的陪伴中感受到了巨大的快乐。

听着程少音叙述的往事，靳夜始终没有流露出过多的情绪，仿佛面前坐着的不是她的挚友，而是一个陌生人。

听到这里，她立马问了一个更尖锐的问题：“那你为什么要看着他去死？”

程少音条件反射地反驳：“我没有。”

她这句话的音量突然提高，听起来有些尖锐。

程少音打量了一下靳夜，笃定地下结论：“晏雪明没有跟你说过其中的细节，你们发生了什么？”

靳夜不为所动，平静地将问题重复了一遍：“你为什么要看着他去死？”

程少音的呼吸停滞了一瞬。

“你变了。”她说，“变得强硬且狡猾。”

“我不想听废话。”靳夜缓缓说，“回答我。”

这是晏雪明教会她的，谈判时，将说话的节奏掌握在自己手里，才能从中获取想要的信息。这种缜密且犀利的思维模式，也是晏雪明一步步追求真相时最常用的。

程少音微微低下头，轻声说：“我不知道他想自杀。”

靳夜皱眉。

程少音闭了闭眼睛，又说：“我恨晏雪平。”

她是真的恨，靳夜听到了她语气中咬牙切齿的意味。

“你知道什么是绝望吗？”程少音忽然一笑，“当你满心欢喜地拿着毕业证回国，你的男朋友说要在你过生日的那一天求婚，你甜蜜地等着，觉得自己是全世界最幸福的人，可等来的却是他的死讯！”

她猛地将水杯重重放在桌上，睁开眼睛，直直地盯着靳夜。

她那双漂亮的眼睛里倒映出靳夜苍白的脸。

“更可怕的是，你去整理他的衣物，发现……”程少音顿了顿，又说，“他爱你的方式，是每一天都想着要怎样亲手杀死你。”

晏雪平的日记本里记录着他对程少音的爱，可这种爱令人战栗和恐惧。他计算过无数种死亡方法，比较过哪一种更痛苦，他信奉的爱情的永恒不是婚姻，而是与爱人一同赴死。他已经是个疯子了，尽管外表看起来仍旧是个文质彬彬的君子。

“你知道我当时的感受吗？”程少音的眼睛里蓄满了泪水，“我好恨他。”

每一句甜言蜜语的背后都是令人毛骨悚然的杀意，他送给她最后的礼物是他突如其来的死讯，还是尸骨无存。

只要想到这件事，程少音就夜不能寐。

靳夜忽然懂了，晏雪平死后，程少音没日没夜地陪伴她，并不是真的关心她，而是因为恐惧，劫后余生的恐惧。

如果程少音说的是真的，那她从来都不是一个知情者。直到事故发生的前夜，她还在懵懂地憧憬着美好的未来，没想到却等来了死亡的饕餮盛宴。

靳夜将心中悄无声息地生出的怜悯重新压下去，问她：“那你为什么和朱阳在一起？又为什么……”

“又为什么举报你是吗？”程少音自嘲地笑了笑，“我想揭开晏雪平的面具，除了这些不入流的手段，我还能做什么？”

靳夜抿了抿嘴，说：“晏师兄或许可以骗过我们，但他和你朝夕相处，你难道一点感觉都没有？”

程少音恍惚了一瞬，沉声道：“或许有吧。”

“什么时候？”

“你记得，我上一个在洛杉矶办的生日会吗？”

那是一个深夜，泳池里的粼粼水波反射出灯火辉煌的夜景，远处的高楼大厦如同近在咫尺。

晏雪平安安静静地坐在大大的泳池边，水波一圈圈地荡开，他的目光也渐渐涣散。

耳边仿佛响起女人的尖叫和怒吼，他觉得耳膜一阵一阵地发疼。

良久，他缓缓地、长长地呼出一口气。

“喂。”好像有人叫他。

他一动不动地盯着水面，毫无回应的意图。

水面上“啪”的一声溅起了水花，随之而来的是几声俏皮的叫喊。

“学长？

“学长，你想游泳吗？

“学长，要不要我教你？”

是程少音在叫他。

晏雪平霍然站起来，原本的温柔面容变得冷若冰霜。他仿佛忍耐到了极限，语气非常不好地说：“程少音，你闭嘴。”

“哗啦”一声响，一张灿烂的笑脸冒出水面，程少音说：“学长，你别生气啊，我是很认真地在问你。”

晏雪平似乎觉得索然无味，非常不爽地说：“闭嘴！”

“你大半夜不睡觉也不玩，准备在这儿发呆？”程少音游到他身边，手臂撑在水池边上，歪着头朝他笑，水面上映出她灿烂的笑容。

月光下，晏雪平的脸色显得很冷，他将目光投向程少音的面容，只觉得这样的快乐仿佛离他很远，这样灿烂的笑容无比刺目。

他微微勾起嘴角，说：“你大半夜来游泳，是怕我在这里自杀？”

程少音一怔，似乎没有料到他会这样直白，难得没有回话。半晌，她才笑了一下，打算回应些什么。

晏雪平却已经接过了话头，极其从容地道：“你怕又有什么用？”他又像是在自言自语，“我的事，和你有什么关系？”

他顿了一下，又朝程少音微微一笑，说：“我证明给你看。”

程少音有些困惑，晏雪平说的每一个字她都听得懂，但连成一句话又仿佛都听不懂。

他要证明什么？

下一秒，晏雪平毫不迟疑地向着游泳池纵身一跳。

他的动作快到程少音一时没有反应过来。

谁能想到他这样笑眯眯地对她说了一句话之后就直接跳进了水里？

程少音终于反应过来，顿时有些惊慌，一头扎进水里，想去拉他的手。

晏雪平闭着眼睛，神情平静得仿佛不是在自杀，双手一动不动，任凭身体向下沉。

程少音越来越慌，好在终于抓住了晏雪平的手，猛然用力将他拖出水面。

晏雪平睁开眼看了她一下，又挣脱她的手，再度往身后的泳池里倒下去。

程少音只得再去捞他。

这一次，晏雪平不挣扎了，伏在池边，待喉咙里的水吐出来，才露出一个冷冰冰的笑容，说："程少音，你别跟着我。你信不信，我要是想淹死自己，谁都救不了。"他一字一顿地道，"所以，滚开！别缠着我！"

程少音明亮的双眼一直注视着他，目光始终那样专注、热烈。

她缓缓道："晏雪平，你真是个疯子。"

晏雪平爬上岸，扯了扯湿透了的衣服，回头看着她说："我很高兴你有这样的觉悟。"

程少音突然一笑："可我就是喜欢疯子。"

晏雪平紧紧抿住嘴，带着一身水走进酒店大堂，旁若无人地回了房间。

程少音的回忆到此结束了。

她描述得细致又完整，甚至连晏雪平当时的每一个表情都能形容出来。

靳夜投向程少音的目光带了些许怜悯的意味，她问：“少音，这样的晏师兄，你认为正常吗？”

“难道一个人在爱人面前和在别人面前表现出来的样子会一样吗？”程少音辩驳。

靳夜看着她，不知该不该唏嘘。

命运其实早已把橄榄枝递给了程少音，却被恋爱脑的她抛之脑后。

靳夜怜悯的神情或许刺痛了程少音的眼睛，她猛然站起来，紧张地说：“亭亭，你不要被晏雪明骗了。”

她漂亮的面孔上写满了恐惧和惊慌。

她曾经是个那样光彩夺目的女孩子啊，明眸善睐，肤如凝脂，在人堆里像是一颗闪闪发亮的珍珠。可是现在呢？她用任性和荒唐彻底掩埋了那个天真美好的自己。

靳夜看着程少音有些浑浊的眼睛，整个人向后倾了倾，问：“他骗我什么了？”

“晏雪平是疯子，卿恒也是疯子，那晏岭和晏雪明呢？”程少音的声音格外缥缈，“你怎么知道，你哪一天晚上醒过来，看到的是丈夫，还是捅进心脏的尖刀？”

靳夜的眼睛一瞬间睁大了。

手机铃声忽然响了起来。

靳夜依然盯着有些失态的程少音，伸手去摸口袋里的手机。

是宋晓雯打来的电话。

靳夜刚接通电话，手机就被程少音抢走了，还打开了免提。

“小夜姐，你方便说话吗？我回家想了想，觉得很奇怪啊。这一家子人，好像都没有一个统一的目标。做妈妈的帮大儿子窝藏罪证，小儿子急着曝光真相和离婚，大儿子的前女友看着男朋友去死却无动于衷，还在这么多年以后反咬闺密一口。那爸爸呢？他好像很无辜一样。”

程少音挂掉电话，又哭又笑：“你看，没有人觉得他们家的人是正常的。”

她如同失去了所有力气，一下子腿软了，向后倚靠着墙壁。

靳夜没有听她的话，只是突然记起了那一天晏岭说的话。

“我们聊了几句，父子之间的话我就不说了，但是他……我觉得他应该很需要你。”

电光石火间，靳夜脑海中突然闪过一个念头。

她抓住程少音的手臂，急切地问：“少音，晏雪平是什么病？”

在两个人急促的呼吸声中，隐隐有暗流涌动。

程少音没回答，靳夜催促道：“少音。”

程少音的胸口上下起伏着，她似乎在通过呼吸调节自己剧烈变化的心情。她张了张嘴，话还没说出口，突然听到了门锁转动的声音。

靳夜也听见了声音，回头一看，门被打开了，晏雪明颀长的身影立在门口。

靳夜缓缓松开手，快步走到晏雪明面前，抬头看着他的脸。

这张灵气逼人的面孔此刻古井无波，眉眼间尽是她看不懂的情绪，令她十分不安。

“亭亭，你跟我走吧。”

程少音不知何时走到了靳夜身后，抓住她的手焦急地说：“这一家人都是疯子，你赶紧离婚跟我走！”

程少音太过用力，靳夜的手被抓得生疼，她不由得皱起了眉。

一直没有开口的晏雪明突然飞快地伸手，用力拧了一下程少音的手腕，随后将她推出了门。

程少音痛呼一声，隔着门叫道：“晏雪明，你也是个疯子吗？”

晏雪明垂下头，看了靳夜一眼，随即绕开她往房间里走。

“等一下。”靳夜伸手拉住了他的衣袖。

靳夜深吸了一口气，用极其平静的声音问他：“你要跟我离婚，是因为晏师兄的精神疾病是遗传性的吗？”

门外，程少音仍在大喊大叫，门内的两个人却仿佛一点也听不见。

靳夜转身看向晏雪明，目光沉静又温柔。

“是吗？”她轻声问。

晏雪明僵硬地站着，一言不发。

靳夜松开他的衣袖，转而握住他冰凉的、紧握成拳的手，慢慢说："那天我进门的时候，爸爸说他和你谈过。妈妈和晏师兄精神上都出现了问题，爸爸是知情的。可他明明知情却不说，那这个家丑一定是发展到了非常严重的程度。巧的是，他才和你谈完，你就要和我离婚。"

靳夜停顿了一下，接着说："我这次约少音见面，其实也是在和我自己打赌。我赌你会回来，因为你放心不下我。所以，你提出离婚，不是因为不爱我了，而是因为你认为你不能再爱我了，对吗？"

晏雪明沉默半晌才开口："知不知道原因，对于结果来说有意义吗？"

靳夜笃定地说："有意义。"

晏雪明摇了摇头，又问："如果没有一个光明的未来，何必还要在一起？"

"那你锲而不舍地追寻真相的时候，能确定一定会有一个光明的结果吗？"靳夜反问，"把你的问题告诉我，我们一起想办法解决，不好吗？"

晏雪明转头看着她，深邃的眼睛里藏着难解的情绪。

"亭亭，我拿刀威胁过陈复今。"

"我知道。"

"在迪拜，我们被困在沙尘暴里，我脑子里冒出的第一个念头是——我们同死也不错。"

"我知道。"

“我刚才对程少音很暴戾。”

“我知道。”

他深深地呼出一口气，说：“如果有一天，面对你我也无法自控，那我永远不能原谅自己。”

“你爸不是好好的吗？”靳夜踮起脚，双手捧住他的脸，“很多精神疾病的遗传率还不到百分之四十，你不必把自己的每种情绪都对号入座。你跟我去看医生，会没事的。如果你害怕这个病还会遗传，那我们以后不要孩子就好了。如果你怕自己做出什么危险的事，找医生开了药我们就去大自然里生活，那是你喜欢的地方。你答应我，好吗？”

她最后这句话甚至带了一丝哀求。

“可我不需要一个光明的结果。原本就是你将我从黑暗里拉出来的，你再将我带去光明里还是另一个黑暗里，都不重要。”

晏雪明在她秋水般的眼睛里看到了她过去不曾有的软弱。

过去那个如同从风雪中走出来的女孩，眼神格外冰冷。可现在，她的内心多了一份柔软，打破了她原有的冷淡、骄傲和疏离，让她有了软肋。

可这并不是晏雪明希望在她身上看到的情绪。自始至终，他都希望她快乐、勇敢又坚强，不想让她因他而怯懦和不安。

“亭亭。”他说，“相信我，你没有爱过我，你只是习惯了我待在你身边。事情已经解决了，我们本来就是假结婚，现在离婚才是对的。”

靳夜清澈的目光落在他身上。

这双黑白分明的眼睛看着他，她的目光仿佛穿越了时间和空间，望见了他心灵深处那个曾经温柔又隐忍的人。

“从小到大，我都很清楚自己做的每一件事。

“为什么你要因为一个莫须有的危机就放弃？或许它根本不可能到来。

“晏雪明，你的勇气和承诺都去哪儿了？”

靳夜说完这些话，四周就静下来了，等待的时间似乎变得格外漫长。

突然，晏雪明伸手将她的手拉开，用一种近乎颓丧的声音，带着无限的疲惫，说：“靳夜，你放过我吧。”

你放过我吧。

靳夜呆呆地看着他。

这句话，比他之前所说的任何一个字都要伤人。

她准备了无数的话来说服他，亦有满腔的勇气可以证明自己能够接纳他的一切，可他却先放弃了。

他用了“放过”这个词。

这个词戳得她太疼了。

她也太了解晏雪明了。

只要他愿意，便能想尽办法达到他的目的，哪怕绝情地伤人。

在某一时刻，相爱的两个人情绪是共通的。她能感受到晏雪明平静背后的隐忍，能体会到他心中的痛苦。而最可怕的是，面对这样的痛苦，她却无能为力，因为她的存在才是这一切的根源。

靳夜定定地看了他许久，转身打开了门。

程少音早已离开，外面一片寂静。

“抱歉。”晏雪明忽然说，“过去我以为，就算我们之间的距离很远，但我跋山涉水，总能慢慢走到你身边。可现在我发现，我们之间不是距离很远，而是从来就没有相通的道路，所以我们永远也无法走到一起。”

靳夜背对着他，挺直了脊背，慢慢走出门。

在汹涌的悲伤到来之前，她握住门把手，用力合上了大门，然后，泪如泉涌。

第十一章　人生

事情结束得比任何人预想的都要快。

爆炸案的真相以听证会的形式向社会进行了公布，晏雪平的病情也引发了极大的讨论。

晏岭年事已高，晏雪明以新一任领导者的身份，代表晏氏集团对每一位遇难者的家庭做了天价赔偿。

听证会上，晏岭神情很冷，而卿恒，五官依旧精致美丽，整个人却像是苍老了十多岁，透着暮年的气息。

在镜头前，晏雪明一一承受了靳夜当年所承受的谩骂和攻击，甚至比靳夜承受的严重了数倍。

当拳头砸向他并不厚重的脊背时，电视机前的靳夜还是感受到了心痛和悲伤。

宋晓雯很生气："晏雪明有什么错？他们凭什么打他？"

单纯的小女生心中永远这样黑白分明。

从站出来的那一刻起，晏雪明就很清楚自己将要面对什么。他只有前二十年过得自由自在，之后的人生都像是在为先前的放肆还债。

当媒体重新将目光聚焦在靳夜这位受害者身上时，溢美之词再度朝她涌来，可她再也不需要了。

经此一事，靳夜不再在意网络上的种种议论，因为那些东西离她的生活太遥远了。

她眼前的一切已经纷乱如麻，她根本没有时间去管别的事。

晏雪明将靳夜撇得格外清，她从一个刽子手重新变成了天才工程师，与晏家没有丝毫干系。

他做到了当时承诺的一切，除了感情。

“我如同飞蛾扑火，不求结果，也不求回报。”

誓言犹在耳，人却走远了。

一个人但凡有了钟爱的人或事物，便也有了弱点。

若是此生无所求，那才叫可怕。

如果漫长的人生是一种苦修的话，靳夜还是宁愿活得畅快淋漓、无拘无束，哪怕前方荆棘丛生。

靳夜在收拾行李了，她辞了工作，计划去伯克利进修。

“你就放弃他了？”宋晓雯问她。

靳夜看着电视机里那张平静的脸，说：“有时候，做出决定的人要承受双倍的痛苦。接受一些事情，总需要时间。”

宋晓雯不解地问：“什么意思？”

“我等一等他。”靳夜微微一笑，“希望他值得我等。”

宋晓雯一下子从沙发上跳起来，激动地说：“我有预感，你们一定会大团圆的。”

靳夜没再说话。

生活与剧本最大的不同在于，你永远不知道下一秒会遇到什么人、会发生什么事，也无法猜测事态会朝着什么方向发展，前路仿佛总是充满迷雾。

手机振动了一下，她低头看到了新消息。

晏雪明：“几点的航班？我送你。”

她给他发了条消息，说要回伯克利，却丝毫没有提自己会等他。

晏雪明能够付出自己的一切去爱她，却不能接受她也付出一切来陪他。

但是很多时候，感情的事如何能用是非对错来评判，如何能用天平来衡量和取舍呢？

靳夜没有回他的消息，收了手机，目光仍落在电视上。然后，她长长地呼出了一口气。

“我先走了。”她和宋晓雯打了个招呼，“下午去我爸妈那里看看。”

宋晓雯轻轻地“啊”了一声，点了点头。

自从爆炸案发生后，两位书香门第的老人经受不起太多的网络暴力和无处不在的恐吓，为了保护养父母，靳夜与他们早已断了联系。

现在，风波已经过去，她即将前往伯克利，也是时候回去看望二老了。

因为当年被匿名者泼红漆的举动吓得不轻，靳教授夫妻二人忍痛放弃了城里的新居，搬往郊区老宅住了下来。

靳夜对此不无愧疚。

靳家老宅是个不大的四合院，院子里用木头搭了个长廊，旁边栽了一棵老紫藤，郁郁葱葱的，爬满了整个长廊。

靳夜拖着行李箱进门的时候，两位老人正坐在紫藤花架下喝茶。

看到她进门，靳教授原本严肃的脸一下子放松了，露出一个笑容，只是脸色略显苍白。

靳教授很自然地跟她打招呼："亭亭回来了。"

靳夫人则显得有些无所适从。

她当年受到了太大的惊吓，从楼梯上摔下去，险些伤到脊椎，留下了阴影。此刻靳夜突然出现，难免会让她想起那些不好的事。

但是，母女二人毕竟相处了那么多年，情分并未消失殆尽。靳夫人调整了一下情绪，也朝靳夜笑笑，然后去屋子里拿了一盘点心出来，问她："亭亭吃饭了吗？"

此时已近傍晚，快要吃晚饭了。

靳夜自然察觉出了她隐约的疏离，但其中还是夹杂了几分关切，令人眷恋。

这世上所有的亲密关系，在遭遇劫难后是否都会分崩离析？十多年养育之恩，短短两年便消磨了大半，那她若是同晏雪明分别，是否不消两年就会慢慢变成陌生人？

"吃晚饭吗？"靳教授关切地问她。

靳夜如梦初醒，摇摇头，说："不了，谢谢爸爸。我要去伯克利进修了，走之前来看看你们。"顿了顿，她又说，"你们过得好，我也放心了。"

靳教授意外了一瞬，但他本身豁达通透，很快就点头说：

“那也好，你喜欢什么样的生活，就去过什么样的生活。年轻人，路还长着呢。”

“我们挺好的。”靳夫人笑了笑，又说，“下次回国再来看我们就是。”

靳夜原本就不善言辞，在这略显尴尬的气氛里，只能点头微笑。

靳教授忽然站起来说：“亭亭你等一等，我拿个东西给你。”

靳夜应了声。

靳教授飞快地跑进房间，不到五分钟就出来了，手里还拿着一个玻璃瓶。

他把玻璃瓶递给靳夜，说：“我记得你小时候很爱喝家里酿的桂花酒，前段时间我做了些，你拿去喝。”

靳夜伸手接过，想说飞机上不能携带液体，最终还是没有说出口，只说了一声“好”。

三个人一时之间都安静了。

靳夜犹豫片刻，说：“那，我先走了。”

她准备了一天，和养父母只见了几分钟的面，只说了几句话。

她低下头看着手里的桂花酒，慢慢拖着行李箱走出去。

刚走出家门，靳夜突然感觉被一片阴影笼罩。

她抬起头，晏雪明的脸倏地出现在她的视线里。

“我来送你。”晏雪明语气平淡。

他穿着一件白衬衫，仿佛还是第一次见面时的模样，干净，清爽。

可这一次，靳夜在他身上已经找不到那种蓬勃的少年气了。

他像是一夜之间从新芽长成了老树，暮气沉沉。

两个人站在台阶上，四目相对，各怀心思。

她什么都没说，晏雪明也什么都没说，曾经风雨同舟的夫妻二人一前一后默默地顺着来路往停车场走。

两人走到停车场，晏雪明拉开车门的时候，靳夜终于开口了："送到这里就可以了，我提前约了车。"

晏雪明沉默了几秒，说："一路平安。"

靳夜突然问："你没有别的话要对我说了吗？"

她的声音仿佛自冰川雪水中浸过。

晏雪明说："没有。"

他脸上一点表情都没有，这两个字说得分外生涩且艰难。

靳夜定了定神，摒除了纷乱的思绪，用冷静过度的声音说："再见。"

说完，她没有再给晏雪明回答的机会，也没有再抬头看他的神情，毫不犹豫地转身往反方向走。

她没有回头，也没有停顿。

她只是拧开了玻璃瓶的盖子，用尽全力抿了一口桂花酒。

酒很好，带着故乡的桂花香，跟某些人、某些事一样，无法跟随她的脚步，只能留在这里，也留在她心里。

此情可待。

两年后。

夜晚的西北荒漠，风沙肆虐。

靳夜戴着厚厚的帽子和口罩，披着从邻居家借来的军大衣，坐在屋檐下的小木凳上，面无表情地看着眼前被风卷起的尘沙，万千思绪仿佛也被风卷走。

她心里也有这样一片广袤无垠的荒漠，寸草不生。

如果是在白天，坐在这个位置，就能看到不远处的一片防沙林。

一颗颗杨树的种子在这片土地上悄无声息地生根发芽，逐渐成长、壮大。

这是无数林业工作者放弃城市优渥的生活、温馨的家庭，付出无法计量的汗水与心血取得的成果。

在这片荒漠上，杨树像不老不死的生命，用枝叶延续着信仰，一直向上生长。

然而在夜晚，这里的风声却更像呼啸而过的魔鬼。

靳夜手撑着下巴，这样想着，又长长地叹了一口气。

“妹子，赶紧回屋去，等会儿风大了一准迷了眼。”身后传来林业站老师傅的喊声，嗓门极大，又带着西北汉子独有的热忱。

靳夜应了一声，闷闷不乐地站起来。

她转头的一瞬间，一阵飞沙扑到她眼前。

沙砾扑打在她厚重宽大的军大衣上，扑打在她露出的白皙手掌上，扑打在她细长的睫毛和被风吹动的刘海上。

她又想起了晏雪明，在这里，他曾经做过些什么？是否也曾这样冒着风沙艰难前行？是否也曾这样仰望过漆黑的天空？

她只要一想起那个名字，心便仿佛被肆虐的风沙劈开了一道口子。

那些压抑许久的感情像是终于找到了倾泻的出口，从内心深处汹涌而出，化为满脸的热泪。

我是这样思念你。

以及你星辰大海的征途。

彻底处理完爆炸案的事情后，晏雪明没有继续在家族集团里任职。

听宋晓雯说，他跟着动物保护协会去了西北。

时隔两年，靳夜从伯克利回来，只身来了这片荒漠。

她大约是等不到晏雪明改变主意了，但是留在这里，她能感受到他所喜爱的山川河流的气息，能慢慢领会这广袤天地的深意，能欣赏这变幻莫测的世界。

在某种程度上，这种家族遗传病也算是成全了他原本的意愿，让他从纷杂的人群里回归到动物的单纯世界中。

不仅仅是晏雪明自己，晏岭也害怕他成为第二个晏雪平。

有一次，宋晓雯向靳夜提起他的时候，忍不住嘟囔了一句：“他怎么不干脆自杀算了，觉得自己是定时炸弹啊？”

靳夜很少黑脸，那次却非常严厉地说：“别乱说话。”

事实上，宋晓雯戳中了她内心最可怕的设想。

她并不害怕晏雪明变成像晏雪平那样的疯子，她只是担心晏雪明为了避免给别人带来危险，选择自己结束自己的生命。

晏雪明心中始终有善意，仅凭着这一份善意，他就不会变成晏雪平。

靳夜在西北已经待了有一个月了，却连晏雪明的影子都没见到。

林业站的老师傅说他跟随一个科考队进了沙漠，没有十天半个月回不来。

这算是一个好消息。

愿意与人接触，说明他目前还是一个正常人。

靳夜回到房间里，听着外面呼啸的风声，感觉这次的风沙比她当年在迪拜经历的更甚。

外面传来了“嘭嘭嘭”的敲门声。

“妹子。”老师傅在叫她。

靳夜重新裹上军大衣，回了声“来了”，便走过去打开门。

老师傅说：“有消息了，他们明天就回来了，你早点休息。”

“明天？”靳夜先是错愕，随即又有些紧张。

谢过老师傅后，她赶忙找出镜子照了一下自己的脸，皮肤还是白皙的，但稍微有些粗糙，或许是受连日的风沙影响。

靳夜突然焦躁起来。

她给宋晓雯发消息：“有没有什么让皮肤一夜之间变好的办法？”

宋晓雯回复了一个省略号。

接着，她又发过来一条：“前男友面膜？这个名字也适合你。”

靳夜沉默了一下，回复说：“我们后来没来得及登记离婚就分开了。”

这回宋晓雯直接发了语音：“小夜姐，你这是在浪费我的感情呢？没离婚，什么事不能解决啊？要是他哪天病危进了手术室不还得来求你签字吗？我还以为你们要老死不相往来了！既然没离婚，你怕什么？”

靳夜哭笑不得，宋晓雯这嘴也太会说了。

不管怎么样，她很快就能见到晏雪明了。

哪怕经过了两年的等待，她的心情还是很复杂，紧张、雀跃、焦虑种种情绪交织。

第二天，天气极好，好到仿佛昨夜的狂风是一场梦。

靳夜抬头看着太阳，又将自己的头发整理了一遍。

“妹子，你会医不？”林业站的人在旁边问她。

靳夜更紧张了，问道：“有人受伤了？”

“不是，有头骆驼伤到了腿。”

靳夜点头说：“我可以帮忙。”

林业站的人拿了一些基础的药物，塞到她手里，拉着她的手臂就要走。

靳夜被人匆匆带到不远处的卫生站，果然见到了一头半跪着的骆驼。

骆驼的小腿渗着血，看起来像是被子弹一类的东西打到了。

靳夜不由得心里一紧，边给骆驼的伤口止血边问：“这里还有人用枪？这是手枪还是猎枪打的？是有人偷猎骆驼吗？”

晏雪明的职责是保护这些野生动物，那他也生活在这些枪口下吗？

“会有，但是很少。”

骆驼体积很大，血流得也很快。

一针麻药打下去，这个大家伙毫无反应。

“这是什么剂量的麻醉药？”靳夜问。

瓶身上没有具体的标签，止血的绷带也不够，西北的物资实在太匮乏了。

实在没有办法，她把棉袍脱了，扯下身上的长袖衬衫，往骆驼的腿上包扎。所幸她里头还有一件短袖T恤，不至于显得太过狼狈。

她目前能做的只有止血，子弹不取出来，骆驼这条腿很难保住。

“让我看看。”

一道男声从她身后传来，一双骨节分明的手穿过她双手的空隙，按在了骆驼毛茸茸的腿上。

靳夜刚包扎完，连忙喝止：“别动！血刚止住。”

她顺势抬头，又说：“你们得找个专业的兽医来看看，这个伤口……”

突然，她的声音消失了。

一张熟悉的脸乍然出现在她的视线里。

晏雪明收回手，看了看伤口，平静地说：“没有太大的问题，医生半个小时后到。”他垂下眼帘，淡淡地称赞了一句，“你处理得很好。”

说完，他起身大步流星地朝林业站走。

“晏雪明。”靳夜站起来喊住他。

她突然问：“听说这里有胡杨林，你不带我去看看吗？”

靳夜没有提别的，晏雪明的背影似乎没那么僵硬了。

他转过身，说：“好，我去拿个相机，你……换身衣服？”

靳夜顺着他的视线低头看向自己，一身血渍和沙土，像是刚经历过荒野搏斗。

这与她最初想保持良好的第一印象的计划大相径庭。

但是没关系，至少她见到了活生生的人。

胡杨林边上有个露台，晏雪明将靳夜带到露台上，然后低头调相机参数。

靳夜望着金色的树林，以及面前的颀长身影。

晏雪明今天穿了一件黑色的长风衣，静静地立在不远处，看起来比以前更瘦了。

他收起相机转身的时候，正好与靳夜的视线相撞。

她仍旧那样静静地、温柔地看着他，目光明亮，仿佛在怀念什么。

他没有动作，只是沉默地与她对视。

良久，靳夜走到他身边，笑着说："帮我和胡杨林合张影。"

晏雪明又举起相机对准靳夜，镜头里的她微微一笑，笑容明媚，目光清澈，充满了生机与活力。

"调好了没？"靳夜见他似乎有些走神，便又开口问了他一句。

晏雪明刚点了下头，突然被靳夜拽到身边，也出现在了镜头里。

靳夜一手挽着他的手臂，一手摆出一个"V"字，说："还是两个人照相比较好看。"

一个人站在胡杨林前，实在有些孤单。

晏雪明沉默了一瞬，将手臂抽了出来。

靳夜的心一下子沉了下去，她抬起头抿着嘴看他。

晏雪明看了她半晌，深深地、长长地叹了一口气，然后揽住了她的肩膀。

两人本就站得极近，晏雪明一揽，靳夜几乎是靠在了他怀里。她的脸贴着他的胸膛，眼睛瞪得大大的，整个人像极了一只受惊的波斯猫。

靳夜呆呆地看着晏雪明，又呆呆地转头看向镜头，露出了一个计划之外的笑容。

“好了。”拍完照，晏雪明松开了手。

靳夜却将手伸到他面前。

“怎么了？”晏雪明不明所以。

靳夜深吸一口气，忍住内心的违和感，一字一顿、认认真真地说：“我的脚崴了，需要你扶着我走。”

晏雪明的视线移向她的双脚。

看起来没有任何问题，刚才一路上她也没有摔过跤。

他后知后觉地意识到：靳夜这是在耍赖？

这个一本正经、高冷又古板的女学霸在学着他过去的样子，睁着眼睛说瞎话。

见晏雪明诧异地看着她，靳夜的表情有些绷不住了。

她的手悬在半空中，晏雪明一直没有去接。

靳夜清了清嗓子，又说：“快点，我累了。”

此时此刻，晏雪明面对着太阳，阳光照着他的发梢、额角、鼻梁、下巴，他漆黑的眼睛里像是有光，又似乎蒙着一层水雾。

他轻声说：“可是我的心崴了。”

靳夜立马说：“那我牵着你走。”

靳夜从口袋里拿出手机，点了几个网页，然后将手机递到晏雪明面前。

“我的国际心理咨询师证书，请你审核一下。”她说，“不知道……我够不够格担任你的私人心理咨询师呢？”

她远赴伯克利，不是去进修化工，也不是去钻研科学，而是去从头开始学习心理知识。

晏雪明哑口无言。

靳夜往前走了一步，说：“你说你有病。”

“是。”

“我有药。”

晏雪明终于忍不住勾了勾嘴角，问道：“你是在跟我说相声吗？”

“好笑吗？”靳夜板着脸。

晏雪明看着她，目光渐渐变得温柔，仿佛冰川融化。

他说：“那要看是谁在说了。”

靳夜定定地看了他许久，觉得鼻头发酸，又转头看向远处。

直到今时今日，她才后知后觉地有了劫后余生的解脱感。

人或许会对另一个人说谎，但是山川与河流不会。

这两年，靳夜曾无数次问自己：这世上很多事情都未必有结果，但倘使因为知晓它可能没有结果便轻言放弃，那最终是你成全了结果，还是结果成全了你呢？

而当有一天，那张熟悉的脸突然出现在眼前，提醒她那些永远无法遗忘的惨痛记忆，那一刻，她忽然感受到了冥冥之中的命运。

生命最大的意义在于未来总有无限可能，以及无限希望。

而现在，回过头，她终于看到了。

迷雾散去，夜尽天明。